FLORIAN RAINER
JUTTA SOMMERBAUER

GRAUZONE

EINE REISE ZWISCHEN
DEN FRONTEN IM DONBASS

D1727237

BAHOE BOOKS

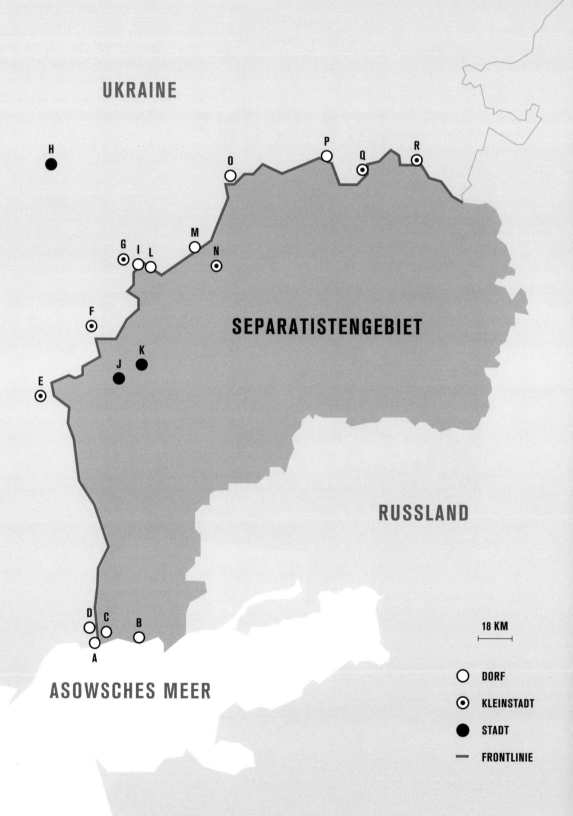

INHALT

EINLEITUNG

◆   Solange man den Krieg aus der Ferne beobachtet, ist die Lage eindeutig. Die Ukraine verteidigt im Donbass Europas Freiheit und schützt sich selbst vor dem Zugriff des russischen Staates und seiner prorussischen Helfer. Die Separatisten behaupten, gegen eine angebliche faschistische Bedrohung durch die Regierung in Kiew zu kämpfen. Die Ukraine ist zum Zankapfel zwischen Ost und West geworden, aufgerieben im Streit über geopolitische Orientierung und die Frage, wie viel Freiheit und Souveränität einer ehemaligen Sowjetrepublik an der Westgrenze Russlands zugestanden wird. Hier haben die aktuellen Verwerfungen zwischen Russland, der EU und den USA ihren Ausgang genommen.

Doch je näher man rückt, desto unübersichtlicher wird die Lage. In der Ukraine bekommen allmählich die Beharrungskräfte Oberhand. Das Land droht vom Reformkurs abzukommen. Die politischen Eliten stehen zunehmend in der Kritik, zuvorderst an sich selbst zu denken und nicht an die Erfüllung der Versprechen der »Revolution der Würde« vom Winter 2013 / 14. In der ostukrainischen Region Donbass geht der Krieg in sein fünftes Jahr. Nach einer anfänglichen patriotischen Welle, dem aufopfernden Engagement von Freiwilligen zur Unterstützung der Armee und der Versorgung von Binnenflüchtlingen ist die Gesellschaft mittlerweile erschöpft und kriegsmüde. Insbesondere im Konfliktgebiet. Hier war ein Gutteil der Menschen noch nie begeistert von der Präsenz der Armee, hier trifft man statt auf Siegeswillen auf Ohnmacht und Indifferenz. Die meisten Bewohner des Donbass würden wohl weder die Behauptung Kiews unterschreiben, dass hier heldenhaft gegen Okkupanten und Invasoren gekämpft wird, noch die Version des Kreml, dass das ukrainische Volk auf Zutun der Vereinigten Staaten in einem Bürgerkrieg ausgelaugt wird. Offiziell kämpfen Helden, Befreier und Beschützer gegen Terroristen, Besatzer und Faschisten, dazwischen stehen die Verräter und Kollaborateure. Doch die Begriffe, mit denen beide Seiten operieren, sind vielfach zu Worthülsen geworden.

Im Donbass, von dem dieses Buch handelt, glauben die wenigsten, dass es etwas gibt, für das es zu kämpfen oder gar zu sterben lohnt. Man will ihn nicht, diesen Krieg, ja man ist nicht einmal sicher, wer hier gegen wen antritt, nur eines steht feste: *Komu-to eto wygodno*. Irgendjemandem nutzt dieser Krieg. Wem, bleibt ungesagt und oft der Imagination überlassen. Es ist die Leerstelle, die je nach Belieben mit unterschiedlichen Begriffen gefüllt werden kann: den Mächtigen, den Einflussreichen, Noch-Präsident Petro Poroschenko, den lokalen Banditen, den Oligarchen. Die Liste ist lang und variabel, Ausdruck eines tief sitzenden Misstrauens gegenüber den Mächtigen, das durch den Krieg immer weiter befeuert wird.

◆   Der Krieg im Donbass ist ein Stellungskrieg. Seit Längerem werden keine großen Schlachten mehr geschlagen. Das militärische Vorankommen beschränkt sich auf beiden Seiten meist auf wenige Meter. Ein Feld, ein Weiler, eine Anhöhe: Was auch immer man dem Gegner abringen kann, wird trotzig gefeiert. Kurz nach der Unterzeichnung des Minsker Abkommens im Februar 2015 ist die Front zu stehen gekommen. Auf Landkarten ist sie eine quer durch die Gebiete Donezk und Luhansk gezogene Linie, teilweise gerade verlaufend, teilweise gezackt wie das Blatt einer Säge. Die Gefechtslinie zieht sich vom Sandufer des Asowschen Meeres in Richtung Norden durch riesige Agrarflächen. In einem Halbkreis umschließt sie den Ballungsraum Donezk und folgt später dem Flusslauf des Siwerskij Donez nach Osten bis an die russische Grenze. Sie verläuft quer durch Dörfer, hält Menschen von ihren Arbeitsplätzen in den Kombinaten fern und verunmöglicht das Bestellen der Felder. Die rund 450 Kilometer lange Linie trennt die Gebiete unter Regierungskontrolle von den sogenannten ORDLO: den »Einzelnen Regionen des Donezker und Luhansker Gebiets«, ein neutraler Expertenbegriff für die selbst erklärten Donezker und Luhansker Volksrepubliken (im Buch abgekürzt als DNR und LNR) mit ihren von Moskau unterstützten Statthaltern. Geschätzte dreieinhalb Millionen Menschen leben in den Separatistengebieten, die etwa ein Drittel des ursprünglichen Donezker und Luhansker Gebiets ausmachen.

Den Verlauf ihrer Grenze merklich zu verändern, wäre derzeit für beide Seiten politisch riskant und militärisch nur mit viel Blutvergießen zu verwirklichen. Dennoch haben das Waffenstillstandsabkommen und die laufenden Gesprächsrunden in Minsk, zu denen sich Ukrainer, Russen und die Separatistenanführer von Luhansk und Donezk regelmäßig treffen, keine richtige Beruhigung gebracht. Die Beobachter der OSZE registrieren Tag für Tag schwere Verstöße gegen die nur auf dem Papier existente Waffenruhe. Schusswaffen, Artillerie und Raketen werden regelmäßig eingesetzt; die Zahl der Toten hat die 10.000er-Marke längst überschritten. 1,8 Millionen Menschen sind in der Ukraine als Binnenflüchtlinge registriert.

Ein Plan zur Konfliktlösung liegt auf dem Tisch, doch es fehlt der politische Wille zur Implementierung: In der Ukraine ist die Kompromissbereitschaft enden wollend, da das Minsker Abkommen in einem Moment militärischer Bedrängnis zustande kam. Je länger der Schwebezustand zwischen Nicht-Krieg und Nicht-Frieden andauert, desto mehr wächst der Unmut über das Papier. Für Moskau wiederum ist der Krieg ein Vehikel, um die Ukraine am politischen und wirtschaftlichen Fortkommen zu hindern. Der Kreml hat wenig Interesse an der vollständigen Beilegung des Konflikts. Und die Separatisten? Sie wollen am wenigsten Abstriche machen, schließlich bangen sie um ihr sprichwörtliches Überleben.

◆   In der Sprache der Experten gibt es noch ein anderes Wort für die Front: Kontaktlinie. Doch viel mehr ist sie eine Trennlinie. Sie trennt Nachbarn und Familien, keine feindlich gesinnten Gruppen. Wer sich auf welcher Seite befindet, spiegelt nicht unbedingt die politische Verortung wider, auch nicht die Zugehörigkeit zu einer gewissen Sprach- oder gar Volksgruppe. Eines ist den Menschen auf beiden Seiten jedoch gemein: Die Mehrheit identifiziert sich nicht mit ihren Machthabern. Auf überzeugte Ukrainer oder Russen im Geiste trifft man im Donbass selten. Doch je länger Menschen in getrennten Realitäten leben, desto mehr machen sich diese zur gelebten Wirklichkeit. »Die auf der anderen Seite« ist eine Wendung, die man im Donbass häufig zu hören bekommt.

Wenn die Begeisterung für den Krieg nachgelassen hat, warum wird dann weiter Munition verschossen? Im Donbass ist der Fall, was für viele Brennpunkte zutrifft: Konflikte laufen nach einiger Zeit wie von selbst. Einfacher, als sie zu beenden, ist weiterzukämpfen, auch wenn es nicht viel zu gewinnen gibt. Waffenlieferanten profitieren, Soldaten und Kämpfer erhalten ihren Sold, Businessmänner verdienen am Schmuggel, Taxifahrer an den Zwischen-den-Fronten-Reisenden und Hotelbesitzer an den billigen Betten, die sie den Pensionisten vermieten, die für den Empfang der Pension und zum Einkaufen auf die andere Seite reisen müssen.

In den Separatistengebieten wächst die Abhängigkeit von Russland. Moskau füllt die Lücke, die die Ukraine hinterlassen hat, und bindet so die Bevölkerung an sich: mit humanitärer Hilfe, der Anerkennung von Universitätsabschlüssen, Nummernschildern und Geburtszertifikaten. Die verzweifelte ökonomische Lage und der sinkende Lebensstandard lassen vielen keine Wahl. Zudem regiert die dortige Führung mit harter Hand, baut auf Feindrhetorik und beschwört die ständige Bedrohung von außen.

Auch auf der ukrainisch kontrollierten Seite werden widersprüchliche Schritte gesetzt: Einerseits bemühen sich lokale Behörden im regierungskontrollierten Donbass um Bürgernähe und die Instandsetzung von Infrastruktur; sie unterstützen zivilgesellschaftliche Initiativen. »Die Ukraine, das sind wir!« heißt es. Andererseits hat Kiew Schritte gesetzt, die die Spaltung der Konfliktregion befördern: Die seit Frühling 2017 wirksame Wirtschaftsblockade, bürokratische Hindernisse und unmenschliche Bedingungen an den Checkpoints haben viele Menschen verstört. Und schließlich finden in der Politik Stimmen zunehmend Gehör, die die Verantwortung für das Wohlbefinden der ukrainischen Bürger vollständig dem Aggressor, der Russischen Föderation also, überantworten wollen. Eine politische Lösung, Versöhnung und territoriale Reintegration wären damit in weite Ferne geschoben, noch weiter weg, als sie heute schon erscheinen.

◆   Der Konflikt ist ein ständiger Begleiter im Alltag, wie die Geschosse, auf die örtliche Bewohner fast schon warten, wenn sie einmal länger ausbleiben. Der Donbass gilt vielen als gesetzloses Gebiet, als schwarzes Loch oder weißer Fleck. Viel mehr noch ist er jedoch ein Provisorium, in dem man sich notgedrungen einrichten muss, eine temporäre Lösung, die für unbekannt lange Zeit halten muss. Ein fragiler Schwebezustand, stabile Instabilität.

Das Gebiet zwischen den festgefahrenen Stellungen wird im Kriegsjargon »Graue Zone« genannt: In einer sprichwörtlichen Grauzone leben die Menschen im engen und weiteren Konfliktgebiet, ohne zu wissen, was der nächste Tag bringt, in welche Richtung sich ihr Leben entwickeln wird. Über die Lebensrealität der

Menschen in der Grauzone ist nicht viel bekannt, für ihr Leid interessieren sich nur wenige, ihre Erfahrungen finden selten auf internationalen Konferenzen Gehör. Doch entlang der Frontlinie leben und arbeiten Hunderttausende. Das Gebiet zwischen den verfeindeten Militärstellungen ist am stärksten von den Kriegshandlungen betroffen. Hier stecken Minen im Asphalt, Wasser- und Stromleitungen werden immer wieder notdürftig repariert, die Gasversorgung ist eingestellt. Gemeindeämter sind unbesetzt und Schulen und Kindergärten oft geschlossen. Hier harren nur noch wenige aus – oft die Schwächsten, die keine anderen Optionen haben. Und diejenigen, die, mutig und lebensmüde zugleich, einfach nicht weichen wollen.

Doch mitten in der Ausgesetztheit gibt es (wenn auch eingeschränkte) Alltagsroutinen. Kinder gehen in die Schule, Frauen zur Maniküre, Bauern bestellen das Feld, Paare verlieben und entlieben sich, Pensionisten überqueren die Checkpoints und telefonieren mit ihren Verwandten auf der anderen Seite der Front.

Auf unseren Reisen im Frühling und Herbst 2017 sind wir den Spuren der Bewohner der Grauzone gefolgt. Unser Weg führt uns die Gefechtslinie entlang, dort, wo sich diese Erfahrungen zu einer Frontexistenz verdichten – und gleichzeitig auflösen. Die Reise führt uns auf beide Seiten und zeigt, dass die getrennten Welten sich in vielem ähnlich sind. Auf eine aktive Zuordnung der Protagonisten zu den Konfliktparteien haben wir bewusst verzichtet: Mitunter ist sie offensichtlich, mitunter ist sie irrelevant. In einer Karte sind die Schauplätze geografisch verortet.

Eine Frontlinie kann man natürlich nicht entlangfahren. Man kann sich ihr aber nähern. Das haben wir getan, meistens mit der Hilfe mutiger Fahrer und lokaler Guides. Nicht immer haben wir unser Ziel erreicht: Vor manchen Dörfern wurden wir trotz vorheriger Erlaubnis abgewiesen, andere wiederum konnten wir nur kurz und in Begleitung von Armee und Milizen besuchen. Für das Luhansker Separatistengebiet wurde uns die Akkreditierung ohne Angabe von Gründen verwehrt. Das ist der Grund, warum die dortigen Städte und Dörfer in unserem Buch leider nicht vorkommen.

Wir haben auf unseren Reisen viele Menschen getroffen, die sich ein friedliches Zusammenleben in einer vereinten Ukraine nicht vorstellen können. Oder zumindest derzeit nicht. Die andauernde Gewaltausübung versperrt den Blick auf friedliche Alternativen. Dass die Verbrechen, die im Laufe des Krieges geschehen sind, aufgeklärt werden müssen und Gewalttäter zur Verantwortung zu ziehen sind, steht außer Frage. Ebenso klar ist, dass das in einem andauernden Krieg sehr schwierig ist. Unabhängig davon ist die ukrainische Gesellschaft auch mit der Frage konfrontiert, welche vielschichtigen Folgen der Konflikt für das Gemeinwesen hat, wie Menschen auf beiden Seiten der Front in Zukunft leben wollen, was sie trennt und was sie verbindet. Ein Anfangspunkt ist es, individuellen Erzählungen zuzuhören und sie zur Kenntnis zu nehmen. Auch wenn wir nicht in allen Aspekten übereinstimmen mögen, wir sie womöglich verstörend finden oder sie gängigen (Helden-)Erzählungen widersprechen.

Während unserer Besuche in der Grauzone haben wir Geschichten gesammelt, die von Willenskraft erzählen und von Verzagen, vom Sich-selbst-überlassen-Sein und Nicht-aufgeben-Wollen, von einem Leben, das mehr als Überleben sein will. Wir haben die Schicksale von Menschen dokumentiert und wollen sie in Text und Bild weitererzählen. Wenn die großen Begriffe nicht mehr greifen, wird die menschliche Erfahrung zum neuen, alten Ausgangspunkt.

Jutta Sommerbauer, Florian Rainer
Moskau / Wien, April 2018

SCHIROKINE

Ganz in der Nähe knallt es erneut, und der Inkassator wiederholt den Satz, den er vorher schon einmal gesagt hat und der sich aus seinem Mund, dem eines Soldaten, sonderbar offiziös anhört: »Wir widmen dem keine besondere Aufmerksamkeit.« Es klingt wie eine Beschwörungsformel.

Wir widmen dem keine besondere Aufmerksamkeit.

Wir widmen dem keine besondere Aufmerksamkeit.

Wir gehen weiter. Der Inkassator kennt jeden Keller in Schirokine. Er weiß, wo man sich sonst noch verstecken kann, sollte es notwendig sein. Er kennt die Häuser, in denen Klaviere stehen. Er weiß, in welchen Zimmern die Aquarien sind und in welchen Höfen die Bienenkörbe, wohin man besser nicht steigt und wo Sprengfallen ausgelegt sind.

Schirokine, ein Dorf am Ufer des Asowschen Meeres, hatte eine Schule mit einem Geschichtekabinett über den Großen Vaterländischen Krieg und ein Denkmal für die Hafenarbeiter, errichtet im Jahr 1972, mit einem Muskelprotz aus Beton, der zum Wasser blickt. Ihm fehlt heute der Kopf. Schirokine ist ein Dorf vor Mariupol, in dem man der Hektik der Stadt entfliehen konnte und in das es im Sommer die Urlauber zog. Mehr als 1.000 Menschen lebten hier. Kein Einziger ist geblieben. Es ist ein Geisterdorf, in dem kein Gebäude mehr heil ist und Minen im Asphalt stecken. Die Abendsonne taucht den Ort in ein schmeichelndes Licht, verschwendete Schönheit.

Der Inkassator lebt seit mehr als einem Jahr hier. Ihm haben seine Kameraden diesen Kampfnamen gegeben, weil er früher als Geldbote gearbeitet hat. Er findet den Namen in Ordnung. Manche werden nach ihrem Familiennamen benannt, andere nach ihrem früheren Job oder einer Lieblingsbeschäftigung. Seinen zivilen Namen verrät er nicht, für eine Fotografie posiert er mit der Balaklava-Mütze. Er ist groß und schlaksig, 25 Jahre alt und zum zweiten Mal verheiratet. Seine Braut wartet in Mariupol auf ihn. Auf seinen Helm hat er mit schwarzem Marker die Botschaft geschrieben: »Ich kämpfe für meine Frau, für den Sohn und die Tochter.« Er muss noch eine Weile weiterkämpfen, denn er hat sich dazu verpflichtet.

Die Feldlager dieses Krieges gleichen sich. Ikonen, Gebete, Geschosssplitter als Andenken, dazwischen Teepäckchen, Fleischkonserven, angeschnittenes Brot. Der Inkassator und seine Kameraden haben Katzen und Hunde adoptiert, die die Dorfbewohner zurückgelassen haben. Die Tiere, abhängig und anschmiegsam, schaffen die Illusion einer heimeligen Umgebung, eines Zuhauses. Doch manchmal kommen auch ungebetene Gäste: Ratten. Tagsüber sitzen die Soldaten zusammen bei Tee und Löskaffee und palavern über die Lage. Am Abend hören sie Musik aus den Kopfhörern oder texten ihren Familien: »Alles okay. Es geht mir gut. Heute ist es ruhig. Grüße an Oma und Opa.« Es ist nicht immer aufregend in Schirokine. Krieg bedeutet Sitzen und Warten und Langeweile. So lang, bis es wieder losgeht.

Der Inkassator stapft vor uns auf den Dorfwegen und zeigt uns die leer stehenden Häuser von Schirokine. Unsere Schritte knirschen von der üblichen Mischung aus Scherben, Schutt, Schaumstoff und Holzstücken. Die Tür eines rosafarbenen Hauses steht sperrangelweit offen. Wie zu spät gekommene Einbrecher schleichen wir hinein. Im Schlafzimmer liegen die Matratzen quer über das Bett gebreitet, jemand hat nach etwas gesucht. Im Wohnzimmer sind Gegenstände auf einem Tisch arrangiert: Ein Album aus Universitätszeiten. Rotstichige Hochzeitsfotos eines jungen, gut genährten Paares. Grüne eingelegte Tomaten in einem Zweiliterglas. Eine blütenverzierte Porzellantasse. Wer hat diese Dinge so hingelegt? Wohl kaum die, die hier gewohnt haben. Wir finden Handbücher über Datenverarbeitung und wie man richtig angelt. Ein Piano. Aus dem chaotischen Durcheinander will kein Bild der Besitzer entstehen. Später betreten wir ein unverputztes Ziegelhaus. An der Wand hängt ein Kalender, der im März 2015 endet. Ist es der Zeitpunkt, an dem die Eigentümer das Haus verlassen haben? Womit verbrachten sie ihre letzten Stunden? Wie sind sie abgereist? Konnten sie packen, mussten sie Hals über Kopf fliehen, was nahmen sie mit?

Wir haben nichts angerührt, sagt der Inkassator, das waren unsere Freunde, die wir von hier vertrieben haben. Schirokine war einer der am heftigsten umkämpften Orte entlang der Frontlinie. Die Ukrainer halten seit einiger Zeit das Dorf und die Gegend drumherum, aber Frieden ist nicht eingekehrt. Die Männer hier sind zornig, dass sie nicht weiter vorrücken dürfen. Wie viele Durchbrüche hätten sie schon gestartet, sagt der Inkassator. »Stell dir vor, du riskierst dein Leben. Du wirst verletzt. Und dann pfeifen sie dich zurück. Natürlich geht dir das auf die Nerven.«

Wieder eine Explosion. Wir widmen dem keine besondere Aufmerksamkeit, sagt der Inkassator, diesmal mehr zu sich selbst als zu uns. Wir widmen dem keine besondere Aufmerksamkeit.

BESIMENNE

Wladimir Putin hat solche wie Mischa *otpusniki* genannt. Urlauber. Urlauber aus Russland, die in der Ukraine Krieg führen. Im Sommer 2014 hat Michail A. seine Wohnung in Sankt Petersburg aufgegeben und ist in den Donbass gereist. Zuerst hat er gekämpft, in Luhansk, jetzt ist er Presseoffizier im Donezker Armeestab und studiert nebenbei Journalismus. Der Krieg, eine Karriereleiter.

Mischa ist knapp über 30, ein schmächtiger Bursche mit Bürstenschnitt. Hier in Donezk hat er viele Leute aus vielen Ländern kennengelernt: Kämpfer aus Italien und Brasilien, Journalisten aus Deutschland und Großbritannien. Die Welt ist nach Donezk gekommen. Also, die prorussische Welt. Er spricht ein wenig Englisch, unsicher und verhalten noch, aber es bereitet ihm große Freude. »See you later«, murmelt er in sein Mobiltelefon.

Mischa hat eine Leidenschaft: das Fotografieren. Mit seiner Kamera fängt er die unbegreifliche Weite des Donbass ein und die Gegenstände, die sich ihr entgegenstellen. Die Rauchfänge, die Hochspannungsmasten, vor allem aber die Wolken, das Gerangel zwischen Licht und Schatten über unseren Köpfen.

Wir fahren nach Süden. Im Auto beschwört die russische Rap-Crew 25-17 düster die Kunst der Selbstzerstörung.

> *Мы – народ богоносец, мы – народ победитель.*
> *Будем резать друг друга, а вы поглядите.*
> *Как мы режем друг друга, за всеобщее счастье.*
> *И последний из нас перережет запястье.*
> Wir sind das Volk der Gottesträger, wir sind das Volk der Sieger.
> Wir werden einander abschlachten, und ihr schaut zu,
> wie wir einander abschlachten, für das allgemeine Wohl.
> Und der Letzte von uns schlitzt sich das Handgelenk auf.

In Besimenne halten wir an einer Militärbasis. Mischas Bekannter Boris steigt ein. Boris, Blutgruppe A, Rhesusfaktor positiv, ist ein Koloss von einem Mann und steckt in einer Uniform der Armee der Donezker Volksrepublik. Auch er stammt aus Russland. Ich fühl mich aber schon ganz wie ein Ortsansässiger, sagt er feixend, ein einfacher Angehöriger der Volkswehr. Boris und seine Kollegen vom Neunten Regiment wohnen im früheren Ferienheim des Mariupoler Stahlwerks Ilitsch. Antike Figuren, Wasserfälle, schmucke Häuschen in Beige. Ein Urlaubsaufenthalt, der bei Boris schon ziemlich lang dauert. Er führt uns in ein Dorf in der Nähe, das von seinen Männern gehalten wird. Die Häuser sind angeschossen, die Erde in den Vorgärten ist von Bomben aufgewühlt. Nur Pensionisten und Alkoholiker sind geblieben. Männer mit geschulterter Kalaschnikow laufen die staubigen Dorfstraßen entlang.

Wir laden Boris vor seinem Ferienheim ab, vor dem Soldaten in frischer Uniform Wache schieben, und halten am Ufer des Asowschen Meeres.

Mischa, warum bist du hier?
Um zu kämpfen.
Für wen?
Für die russischen Menschen.
Aber für wen genau?
Mein Großvater stammt aus der Ukraine.

Das Meer ist nicht schlammig und seicht wie sonst, es wirft uns die Wucht seiner Wellen entgegen. Fast bläst der Wind uns um. Real sind nur die Gezeiten, der Krieg muss eine Illusion sein.

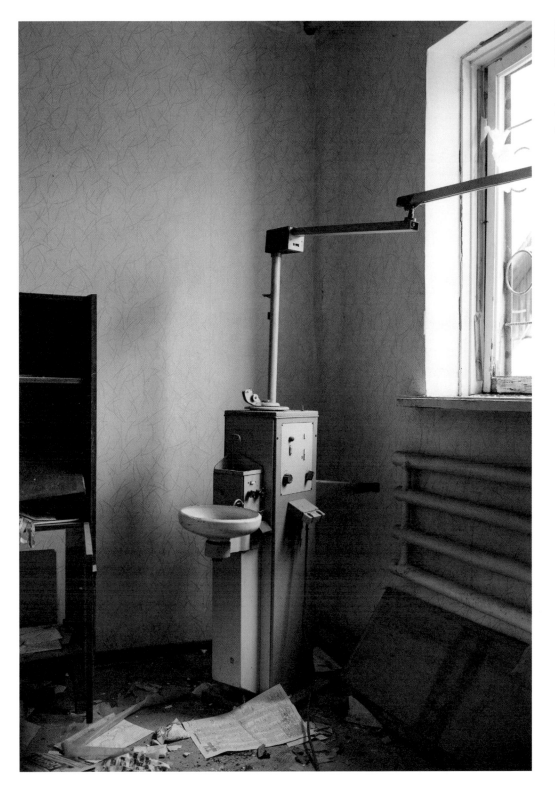

KOMINTERNOWE

Herr, verschone den Stall, wenn die Kugeln auf Kominternowe fallen, betet Alla Pikuz. Nur nicht auf die Kühe! Der Kühe wegen sind sie hier geblieben, sie und Wasja, in diesem Dorf an der Front, was würden sie nur ohne die Kühe tun?

Ein weiß getünchtes Dorfhaus wie so viele in Kominternowe. Der Hof, Schrotthaufen oder Fundgrube, je nach Blickwinkel. Die Fenster mit Plastikfolie notdürftig geflickt. Hundegebell und Katzengeschrei. In einem gemauerten Verschlag hinter dem Haus stehen, zusammengepfercht im Dunkel, drei Kühe und zwei Schweine. Kominternowe ist die letzte Bastion der Donezker Separatisten. Hinter dem Acker lauern schon die *ukropy*, wie sie die ukrainische Armee hier abfällig nennen, dahinter liegt die Großstadt Mariupol.

Alla Pikuz ist 53 Jahre alt, hat einen Reifen im brünetten Haar und stramme Waden, sie trägt eine Bomberjacke über der gepunkteten Kleiderschürze. Früher hat sie die Milch auf dem Markt von Mariupol verkauft, von Kominternowe war es ein Katzensprung bis dorthin. Nun ist der Weg versperrt, aus den paar Minuten sind mindestens vier Stunden geworden, eine Odyssee, auf der jede Milch sauer wird. Jetzt nehmen ihr die Kämpfer im Ort die Milch ab, drei Liter für 70 Rubel, gerade war wieder einer da, mit ihrer Tochter bereitet sie für die Bewaffneten Pelmeni und Pizza und Blini zu, mit Fleisch oder Topfen, ganz nach Wunsch. Die Soldaten können ja nicht nur von Büchsenfleisch leben, sagt Alla.

Der Steppenwind spielt schaurige Laute auf den losen Metallteilen der Ruinen. Kominternowe ist ein niedergerungenes Kolchosendorf, in dem kein Haus unbeschädigt blieb. Ein Schlachtfeld, auf dem es keinen Gewinner gibt. Die Schule zerschossen. Das Kulturhaus geschlossen. Zwei Läden haben geöffnet, sie machen am frühen Nachmittag dicht, wenn die Verkäuferinnen noch halbwegs gefahrlos nach Hause laufen können. Rund um Familie Pikuz ist es still geworden. Zwei Häuser weiter leben noch Nachbarn, gegenüber ist niemand mehr. Alla Pikuz' Zeigefinger deutet in die Ferne, dort und dort, sagt sie, gebe es noch zwei Familien. Ein paar Dutzend von früher 600 sind geblieben.

Der Krieg ist im September 2014 nach Kominternowe gekommen, als die Separatisten mit Verstärkung aus Russland im Süden des Donbass eine Offensive starteten. Auf der Küstenstraße des Asowschen Meeres rückten sie vor, sie nahmen Nowoasowsk, Samsonowe und Besimenne ein, strategisch unwichtige Orte, freies Feld und Windräder, das Ziel waren Mariupol und die rauchenden Schlote seiner Schwerindustrie. Doch bis dorthin sind sie nicht gekommen. Am 22. Dezember 2015 eroberten sie Kominternowe, das bis dahin in der Grauen Zone gelegen war.

Alla Pikuz kann nicht sagen, was besser war oder was schlimmer ist: Früher, als sie noch von beiden Seiten beschossen wurden, eher wahllos, oder jetzt, da das Dorf ins Visier der Ukrainer gerückt ist, weil sich hier Stellungen der Separatisten verbergen. Jetzt schießen sie nur noch von einer Seite, dafür zielgerichtet. Alles dasselbe, sagt die Frau erschöpft.

Die Hunde sind die Ersten, die sich beim Beschuss jaulend unter dem Sofa verkriechen. Alla Pikuz versteckt sich nicht, stolz erklärt sie, noch nie im Keller gewesen zu sein. Ihre ältere Tochter und Mutter leben in Mariupol, die Schwester in Sewastopol. Sie hat Alla schon mehrmals zu sich eingeladen. Aber die Kuh! Leisten könnten sie sich das Leben in der Stadt sowieso nicht, allein die verrückten Mieten! Und Wasja! Der Ehemann, nach einem Herzinfarkt bei schlechter Gesundheit, hält es in der Stadt nicht aus. Er braucht sein Sammelsurium im Hof wie die Luft zum Atmen. Ich werde niemanden um Hilfe bitten, sagt Alla Pikuz. Sie ist nicht reich, und sie hat ihren Stolz. Außerdem muss sie doch ihre Familie auf der anderen Seite mit Fleisch versorgen.

50 Küken hat sie unlängst in Nowoasowsk bestellt. Die wird sie aufpäppeln. Hochziehen. Mästen, bis sie fett sind. In drei Monaten sind sie groß genug, damit man ihnen den Hals umdrehen kann. Drei Monate, das ist im Krieg noch recht lang.

WODJANE

● Vorbei an den letzten Wohnblöcken von Mariupol. Brachliegende Felder, eine dürre Baumallee, links und rechts aufgelassene Stellungen, schließlich ein breiter Graben in der Erde: der Verteidigungswall, den die Bürger der Stadt nach dem Beginn des Kriegs ausgehoben haben. Der Lada rattert über eine Landstraße in Richtung Osten, in Richtung Wodjane. Es gibt keinen Gegenverkehr, und niemand überholt ihn, da ist nur dieses orangefarbene Auto, Baujahr 1983, das unter seiner Ladung ächzt. Drei Männer und eine Frau haben sich in sein Inneres gezwängt; im Kofferraum stapeln sich Plastiksackerl, Benzinkanister und Werkzeug. Die Lehne des Vordersitzes klappt ständig nach hinten weg. Fährt man so ins Kampfgebiet oder dem sicheren Tod entgegen?

Albert hält an. Der Fotograf und die Journalistin streifen kugelsichere Westen über und setzen Helme mit der Aufschrift »PRESS« auf. Albert und Edik, die beiden Kaplane in Militäruniform mit ihren übergroßen silbernen Kreuzen, vertrauen auf einen anderen Schutz. Sie werfen einander Blicke zu. Bekreuzigen sich. Lasset uns beten. Es spricht Albert: »Ruhm sei dir, großer Gott, wir danken für deine Milde und dafür, dass du uns beschützt. Wir bitten dich, dass auch dieser Tag gut zu Ende gehe, dass wir alle am Leben und gesund bleiben. Wir bitten dich, dass es auf der Erde wie im Himmel sein möge, wo es keinen Tod, keinen Krieg, keine Krankheiten gibt. Ruhm sei dir, oh Himmelsvater. Amen.« Albert bekreuzigt sich. »Halleluja, halleluja, halleluja«, murmelt Edik neben ihm. Beide atmen tief durch. Albert dreht sich um. »Na, wollen wir los?«

● Albert Homjak, geboren am 18. November 1966 in der Industriestadt Kriwij Rih, wohnhaft in Mariupol, Militärkaplan, blaue Augen, feste Statur, Bürstenschnitt, seit sieben Jahren verwitwet. Albert war ein Bandenchef, er erpresste Geschäftsleute und dealte mit Drogen. Er saß im Gefängnis, mehrmals, in der Sowjetukraine und in der unabhängigen Ukraine. Im Dezember 1999 trat Gott in sein Leben. »Ich habe verstanden, dass ich in die Kirche gehen muss.« Er besuchte die Bibelschule und schloss sich der Kirche der guten Veränderung an. Die evangelikale Freikirche betreibt das Kinderheim Pilgrim, das der Pastor Gennadij Mochnenko leitet, er ist bekannt im ganzen Land. Ein Amerikaner hat einen Dokumentarfilm über ihn gedreht mit dem Titel *Fast heilig*. Mehr als 40 Kinder aus schwierigen Verhältnissen leben dort. Albert hat selbst neun Kinder adoptiert. »Wir können uns ändern«, sagt Albert. »Das ist das größte Wunder, das Gott uns gibt. Er schaut nicht auf das, was gestern war, sondern auf das, was heute und morgen ist.« Seine früheren Nachbarn in Kriwij Rih haben noch immer Angst vor ihm.

Alberts Telefon klingelt ständig, er ist ein gesuchter Mann, aber anders als früher: Die Leute rufen ihn, wenn sie Hilfe brauchen. So wie die letzten Bewohner von Wodjane. Albert und Edik fahren mit ihrem klapprigen Auto hinaus zur Front, fast jeden Tag tun sie das, sie sammeln Spendengelder und beschenken die Zivilisten und die Soldaten mit Tabletten, Kerzen, Nudeln, Tee, Feuchttüchern, Seifen und Benzin. Sie verachten die Separatisten, die in ihren Augen die schlimmsten Landesverräter sind. Auch Edik war früher ein Bandit und drogenabhängig. Heute ist er glücklich verheiratet und Vater von drei Kindern. Wenn die beiden nebeneinanderstehen und einander zugrinsen, wenn ihnen unflätige Ausdrücke über die Zungen kommen und sie fremden Frauen hinterherblicken, dann blitzt das Gangsterhafte für einen Moment auf. »Nach außen hin sind wir die Gleichen geblieben«, sagt Edik. »Aber im Inneren sind wir ganz andere geworden.«

♦   Der orangefarbene Lada darf den letzten Checkpoint vor Wodjane passieren, auch wenn der Kommandant die beiden Männer mit den großen silbernen Kreuzen missbilligend ansieht und von ihrem göttlichen Auftrag wenig zu halten scheint. Humanitäre Lieferungen? Für wen? Warum? Alexandra Bessmertna wird die vier Passagiere beaufsichtigen und durch das Dorf führen. »Keine Fotografien von Kriegsgerät, keine Fotografien von Häusern, in denen Soldaten leben und die durch den Hintergrund erkennbar wären, ist das klar?« Es könnte keinen besseren Namen für eine Presseoffizierin an der Front geben: Alexandra, die Unsterbliche. Sie ist Mitte 20 und die personifizierte Selbstkontrolle, kein Wort zu viel, jeder Satz sitzt, so wie der Helm auf ihrem Kopf.

Über Wodjanes Wege rumpeln keine Traktoren mehr, sondern olivgrüne Lastwagen. Vier weiße Ziegen liegen im Gras neben einem Pfad, auf dem Soldaten mit Maschinenpistolen entlanggehen. Auf den Wäscheleinen trocknet Flecktarn. Soldaten reinigen unter den Augen ihres Vorgesetzten ihre Kalaschnikows. Aus einer Ansiedlung aus Datschen und Dorfhäusern ist eine militärische Stellung geworden. Ein Hahn kräht, ein Generator wummert, Gewehrsalven sind zu hören. »Wodjane ist vollständig unter unserer Kontrolle«, sagt zackig der junge Mann, der auf den Kampfnamen Rabe hört und den Bessmertna gebeten hat, einen Rundgang durch das Dorf anzuführen. »Wir sammeln Meter um Meter die heimatliche Erde ein.« Eineinhalb Kilometer sind es vom Dorfzentrum bis zur Front. Der ukrainischen Marineinfanterie stehen Marineinfanteristen der Separatisten gegenüber, die das benachbarte Kominternowe kontrollieren. Die Stellungen seien 400 bis 750 Meter voneinander entfernt, sagt Woron, der Rabe.

♦   Ihre Füße stecken in staubigen Galoschen. Die Letzten von Wodjane haben sich versammelt. Ljuda und Wasja gehören zu ihnen, außerdem Walera, Tolik, Sergej und Iwan und noch fünf andere von den Häusern hinter den Teichen. Elf von früher 2.000. Sie leben in ihren Datschen auf mehrere Straßen verstreut und steigen in den Keller, wenn über ihnen die Kanonade beginnt. Die Marineinfanteristen sind ihre neuen Nachbarn, sie haben die leer stehenden Häuser in Besitz

genommen. Man grüßt einander. Man tauscht Lebensmittel. Man sagt kein schlechtes Wort übereinander. Man hält Distanz.

Jeder hier hat einen guten Grund, warum er nicht gehen möchte. Tolja, der 1939 geborene Anatolij Poljakow, schlohweißes Haar unter einer Berlin-Kappe, hält in seinem Hof Tauben und Hühner und besitzt Bienenkörbe. »Ich gehe nicht in die Stadt«, sagt er. Der faltenzerfurchte Wasja und Ljuda mit dem rosigen Gesicht, seit 45 Jahren verheiratet, haben soeben Karotten- und Radieschensamen ausgesät. Serjoscha, mit knapp über 40 einer der Jüngsten, ist der Hirte der weißen Ziegen. Und so weiter und so fort.

Alle paar Monate liefert das Rote Kreuz Hilfspakete. Die Bewohner treffen sich am Checkpoint mit Verwandten, die ihnen Essensrationen mitgeben. Oder es kommen solche wie Albert und Edik. Die wuchteten gerade die Supermarkteinkäufe aus dem Lada und stellen die Säcke auf den Dorfboden.

»Gott wird Frieden schaffen«, beginnt Albert.

»Sie meinen den, der im Kreml sitzt?«, fragt Wasja naseweis dazwischen.

»Na kommt, lasst uns beten«, sagt Albert und hebt die Arme, als würde er sie über alle Versammelten legen. »Jeder Krieg geht zu Ende. Vielleicht werden wir nicht Freunde, aber das Wichtigste ist, dass wir nicht zu Feinden werden. Ich sage euch, jeder Krieg geht einmal zu Ende.«

»Ja«, sinniert Wasja. Es klingt, als könne er dem Gedanken womöglich doch etwas abgewinnen.

»Wir wollen für euch beten, euch unterstützen. Wir haben euch ein bisschen was mitgebracht. Gott, sorge dich um die Schwestern und Brüder, die sich hier an diesem Ort befinden. Gott, verteidige und beschütze sie, ihre Gesundheit und ihr Leben. Amen«, sagt Albert.

»Wenn der Krieg nicht wäre, hätten wir uns niemals hier versammelt«, sagt Edik.

»Stimmt«, pflichtet Ljuda ihm bei. »Wir machen jetzt vieles gemeinsam, helfen einander.«

»Warum ist der Mensch nur so gierig?«, fragt Albert in die Runde. »Alle müssen sterben, Reiche und Arme.«

»Teilt die Sachen untereinander auf«, sagt Edik.

»Danke, danke«, antworten Wasja und Ljuda.

»Wir würden euch gern öfter besuchen«, sagt Albert. »Aber es ist nicht so leicht, bis hierher durchzukommen.«

Albert Homjak, 31.03.2017

MARINKA

Vor dem Krieg war Jelena Lewtschenko Verkäuferin. Seit dem Krieg ist sie Missionarin und die rechte Hand des Pastors der Verklärungsgemeinde, einer evangelikalen Freikirche im Frontstädtchen Marinka. Von früh bis spät trifft man sie im Sozialzentrum, einem knallroten Gebäude an Marinkas Hauptstraße, einem Zufluchtsort für die Gemeinschaft der Gläubigen und Traumatisierten. Hier kocht immer irgendjemand irgendetwas und im ersten Stock, einem früheren Verkaufsraum in Pink, warten eine Elektro-Orgel und eine Kanzel auf die Gläubigen bei der heiligen Messe. Das ist Jelenas Gebet, ihre Beschwörungsformel an Gott, die sie jeden Tag aufs Neue mit sanfter Stimme wiederholt: »Marinka, Stadt des Friedens und der Freude, Stadt des großen Herrn, wo Gott regiert und alle Bereiche des Lebens kontrolliert, wo ein frommes Volk lebt, das im Herrn seinen Gott hat, wo die Gläubigen sich vermehren und nach Gottes Gesetzen leben. Lass Marinka zu einer Stadt der starken Familien werden. Amen.«

Wir werden oft gefragt, warum wir nicht weggehen.
Am Anfang haben wir gesagt, wir haben ja ein Haus,
einen großen Hund. Dann haben wir verstanden,
dass uns mehr hier hält als das. In jedem Schlechten
liegt auch etwas Gutes. Seit Krieg ist, haben wir
viele Menschen kennengelernt. Man hat mich als
Englischlehrerin engagiert. Marijka hat Erfolg in
der Musikschule. Wir haben noch Kraft.

Swetlana Sawkewitsch, 37, Lehrerin

AWDIIWKA

Sobald sie die Tür schließen, ist der Krieg ausgesperrt. Swetlana und Alexej lassen ihn nicht in ihr Heim. Am Abendhimmel knallt und knattert es, und drinnen ist von all dem nichts zu hören. Im Wohnzimmer sitzt die achtjährige Marijka am Piano und spielt ein Stück von Chopin. Der Raum ist klein. Die Decke niedrig. Die Melodie füllt das Zimmer mit ihrem Klang.

Swetlana stammt aus Awdiiwka, Alexej aus Donezk. Sie arbeitet als Lehrerin, Alexej ist für die Donezker Uni im regierungskontrollierten Exil tätig. Telearbeit aus dem Kriegsgebiet. Ihr ebenerdiges Häuschen im alten Ortsteil von Awdiiwka haben sie von Alexejs Oma geerbt, Baujahr 1958. Vor einiger Zeit haben sie es zu renovieren begonnen. Dann kam der Krieg. Sie machten weiter, einen Raum nach dem anderen: Die Küche strahlt in frischem Grün wie aus dem Ikea-Katalog, das Wohnzimmer sieht elegant aus mit lilafarbenen Tapeten, bodenlangen Vorhängen und neu eingelassenem Parkettboden, im Zimmer der beiden Kinder steht ein Holz-stockbett. Kinderzeichnungen hängen an den Wänden, Fotos von gemeinsamen Unternehmungen. Sie lassen neue Fenster einbauen. Alexej träumt von einer zweiten Etage. Sind wir verrückt?, fragen sie sich. Um uns werden jeden Tag Häuser getroffen, wir aber renovieren?

Natürlich haben sie daran gedacht zu gehen. Während der schlimmsten Zeit waren sie zwei Monate lang weg. Dann sind sie wieder zurückgekehrt.

Swetlana ist ein zarte Person, dunkles Haar umrahmt ihr blasses Gesicht. Auf ihrem rechten Unterarm hat sie in Schreibschrift »Love« tätowiert. Sie sagt, sie habe sich noch nie so zu Hause gefühlt wie jetzt im Krieg. Awdiiwka ist eine Arbeiterstadt, die Stadt kann dank der Kokerei existieren. Die meisten Familien hängen von ihr ab. Und noch immer sympathisiert ein Teil der Menschen mit den Separatisten, die ein paar Monate lang über die Stadt herrschten. Sweta zuckt mit den Schultern. »Jeder hat das Recht auf seine eigene Meinung. Aber ich kann die Leute nicht verstehen, die sagen, dass das nicht ihr Land ist.« Sweta lebt in einem anderen Awdiiwka. Ihre Freunde sind in proukrainischen Vereinigungen aktiv, sie hilft bei Kunst-Workshops für traumatisierte Kinder und läuft im Fußballstadion ihre Joggingrunden.

Einmal im Monat kommt Alexejs Mutter, Valentina, aus Donezk zu Besuch. Die Fahrt, die früher 20 Minuten dauerte, kann jetzt einige Stunden in Anspruch nehmen. Es ist beunruhigend zu wissen, dass die Lieben auf der anderen Seite sind. Wenn es laut wird, greifen sie zum Telefon: Kommt das von euch, oder sind wir das? fragen sie sich dann gegenseitig. Sonst sprechen sie wenig über Politik. Immer weniger. Valentina ist pensioniert und unterrichtet noch immer Englisch an der Universität. Eine ältere Dame, die ohne Make-up nicht auf die Straße geht und mit ihren wachen Augen unter den in Form gezupften Augenbrauen die politische Lage aufmerksam beobachtet. Die die Fassung behält. Meistens. Es hat sie enttäuscht, dass auch die ukrainischen Behörden die Menschen über den Krieg belügen. Dass sie nicht die ganze Wahrheit sagen. Dass die Donezker Bürger von Kiewer Politikern verunglimpft werden. »Wir sind keine Tiere«, sagt sie.

Valentina tritt ans Klavier und spielt Marijka neue Stücke vor, darunter den »Melancholischen Walzer« der ukrainischen Komponistin Bogdana Filz, ein kurzes Werk voll unruhiger Traurigkeit. »Life without music is hell«, sagt sie mit feinem britischen Akzent.

Marijka Sawkewitsch, Awdiiwka, 18.03.2017

Wir versuchen, die Kokerei am Leben zu erhalten.
Wir werden hier arbeiten, solange es geht.

Musa Magomedow, 48, Direktor der Kokerei in Awdiiwka

BLACK

Awdiiwka

Das Black öffnet zu Mittag. Du trittst durch die weiße Plastiktür und vergisst sofort, was draußen ist. Den Schlamm, die Kälte, die Trübsal, den ganzen gottverdammten Krieg. Im Inneren ist das Black natürlich äußerst dunkel und schließt sich hermetisch wie eine Raumkapsel um dich. Ambient House tröpfelt aus den Lautsprechern, ein sanftes Meer, dessen Wellen dich forttragen. Träge blinkt eine Lichterkette. Du versinkst in den Lederbänken.

Der Barkeeper heißt Maxim, ein Bursche von 22 Jahren mit einem rundlichen Gesicht und einer Stimme süß wie Zucker. Zuckersüß ist auch sein Beruf, Konditor, doch Restaurants mit feinen Desserts gibt es in Awdiiwka keine, deshalb ist er jetzt Barmann. Eigentlich wollte er Gastronomiemanager werden, doch er hat das Studium geschmissen, weil er es sich seit dem Krieg nicht mehr leisten kann. Du lässt dir von Maxim ein warmes Bier geben, der Kühlschrank ist kurz vorm Eingehen. Hier ist man froh, wenn es überhaupt Strom gibt. Die Gipswände des Black sind dünn, aber am Abend drehen sie die Anlage laut auf. Die Leute brauchen Ablenkung und Entspannung. Damit sie die Musik von draußen vergessen, sagt Maxim, das Artilleriekonzert.

SANTA

Awdiiwka

Seine Männer nennen ihn Santa. Wenn er zur Tür hereintritt, springen sie von ihren Sitzen auf. Ein grau-weiß gesprenkelter Rauschebart wächst ihm im Gesicht, er ist von massiger Statur und trägt statt der roten Weihnachtsmütze ein blassrotes Käppchen auf dem kahl geschorenen Haupt. Er sieht älter aus, als er ist, Anfang 40. In seinem früheren Leben war Santa Wolodymyr Regescha Historiker und Kinderbuchautor. Er sorgte sich um behinderte Heimkinder und brachte ihnen Geschenke. Mit seiner Frau, einer Universitätsprofessorin, besuchte er Restaurants und Kulturveranstaltungen in Kiew. Santa hatte nie Militärdienst geleistet und war Pazifist. Der Krieg hat seine Überzeugung auf den Kopf gestellt.

Es war das wochenlange Ringen der Armee um die Kontrolle des Donezker Flughafens. »Auf dem Flughafen passierten schreckliche Dinge. Ich konnte das nicht länger am Fernseher vom Sofa beobachten.« Freiwillige fuhren ihn nach Pisky zu einer Stellung, wo ein Artillerist namens El Gato am Werk war. Das war im Jänner 2015. Die Armee verlor den verlustreichen Kampf um den Flughafen. Doch Santa, dem seine Kameraden den Kampfnamen als Dank für das Verschenken von »im Krieg nützlichem Kram« verliehen, ging nicht nach Kiew zurück. Im mittleren Frontabschnitt, zwischen den Hotspots von Pisky und Awdiiwka, ist er zu einer Legende geworden.

Hier hat er Kämpfer um sich geschart, die ihm bedingungslos folgen: einen untersetzten Kerl, der vor dem Krieg alles Mögliche war, von Fahrer bis Bauarbeiter, die anderen nennen ihn den Maler; den Schamanen, einen stillen Typ Anfang 40 mit dem halblangen Haar eines Heavy-Metal-Anhängers. Und Nachtigall, der so heißt, weil er eine Singstimme hat, mit Anfang 30 der Jüngste in der Runde. Sie hausen in einer gekaperten und im Inneren mit Tarnnetzen ausstaffierten Datscha am Rande von Awdiiwka. Über eine Palmenstrandtapete ist eine Lagekarte gespannt, Gewehre ruhen auf Stühlen neben Kinderzeichnungen. Aus dem Radio dudeln Rocknummern. Santa zwinkert dem Maler zu. Ein Schießbefehl. Der geht vors Haus. Sekunden später knallt es sehr laut.

Sie alle sind Freiwillige und gehören dem Rechten Sektor an, einer nationalistischen Partei, die mit Kämpfern an der Front vertreten ist und mit der Armee kooperiert. Der Deal lautet: Waffen und Benzin bekommen sie, versorgen müssen sie sich selbst. Die Typen vom Rechten Sektor sind die Draufgänger dieses Krieges. Seine glühendsten Verteidiger. Hasardeure, sagen manche, Selbstmörder. Bereit zu sterben. Es zieht sie an die Brennpunkte, nach Pisky oder hier in die umkämpfte Industriezone von Awdiiwka, die im Kriegsjargon Promka heißt. Promka, das bedeutet jede Nacht Schießduelle. Vom Feind nichts zu sehen. Auf gut Glück feuern sie in die Richtung, aus der die Geschosse kommen. Signalisieren dem Gegner, dass sie die Stellung halten.

An diesem Abend sind Gäste gekommen, ein Helfer aus Kiew, auch er trägt einen Kampfnamen, obwohl er nicht kämpft, und mit ihm wir, Besucher aus dem Westen. Tsunami, so heißt er, hat den Männern einen Kübel voll frischer Fische mitgebracht, eine von einem Meister gemalte Ikone der Mutter Maria, Schnürschuhe und mehrere selbst gebackene Torten mit patriotischen Sprüchen als Glasur. »Verdammt gute Torte«, sagt Santa in die Kamera und streckt den Daumen in die Höhe, denn alle Geschenke werden gemeinsam mit ihren Empfängern fotografiert, um später der Fangemeinde auf Facebook Bericht zu erstatten.

Für die Mitbringsel hat Santa gedämpfte Freude übrig, für uns und die Welt da draußen nur Verachtung. Für ihn und seine Männer sitzt der Buhmann sowohl in Kiew als auch in Europa: Die ukrainische Regierung hat die Kämpfer verraten, sie macht Geschäfte mit Russland und kriecht auf Knien vor Europa. Wenn niemand der Ukraine helfe, müsse sie sich selbst helfen. Santa an vorderster Front.

»Es ist unser Schmerz, unsere Misere, unser Unglück, unser Krieg«, sagt er aufgebracht. »Für euch sind wir Affen im Zoo. Ihr füttert uns mit Brotkrümeln. Ihr helft uns erst, wenn wir halbtot sind. Dann gebt ihr uns Prothesen.«

»Aber Santa, die Unterstützung aus dem Ausland ist wichtig. Ich könnte euch nicht helfen, wenn die Diaspora kein Geld spenden würde«, wendet Tsunami ein.

»Die Ukraine aus dem Ausland zu lieben ist einfach«, erwidert Santa. Die Diskussion ist beendet.

Santa und seine Männer fühlen sich im Stich gelassen. Sie sind gefangen in einem aussichtslosen Stellungskrieg, in dem es keine Schlachten mehr gibt, sondern nur zermürbende Schusswechsel. Das Gleichgewicht der Kräfte ist zum Verzweifeln. Gebietsgewinne sind kaum mehr möglich. Die Einnahme eines feindlichen Postens muss gefeiert werden wie ein großer Sieg.

Wie gern würde er richtig Krieg führen. Im Februar 2016 haben sie die Industriezone eingenommen, für Santa begann damit eine »neue Etappe des Krieges«: die der schleichenden Rückeroberung. »Wir schlichen in die Promka im dichten Nebel hinein, es war wie in einer Milchsuppe! Nicht mehr als 20 Zentimeter Sicht. Wir waren bepackt wie die Kamele. Wir trugen so viel Munition wie möglich, eine Wasserflasche und in unseren Taschen steckten Snickers.« Seitdem liegen Santas Männer in den Schützengräben und kommen nicht weiter. Gleich hinter der Promka verläuft die Autobahn, oder das, was von ihr übrig ist, dort steht der Feind. Wenn man schon nicht richtig vorrücken darf, weil es die Verräter in Kiew nicht erlauben und der Westen keine Waffen liefert, dann muss man es den Separatisten zumindest so schwer wie möglich machen. Sie stören, ärgern und triezen. »Gebt uns Waffen, und wir werden sie zur Hölle schicken«, sagt Santa.

Nachtigall liebt das Kochen, es ist eine Entspannung für ihn nach zwei Tagen Schützengrabeneinsatz. Er kratzt den Fischen gewissenhaft die Schuppen vom Leib und löst mit den Fingern die Innereien aus den glitschigen Leibern.

»Nie hätte ich gedacht, dass ich eine Waffe in die Hand nehme«, sagt er und grinst. »Ich bin weder Fischer noch Jäger, aber ich habe ein Scharfschützengewehr.« Dann wirft er die gesäuberten Fische in heißes Fett und brät sie in der Pfanne. In der Datscha macht sich Bratgeruch breit. Zum Mahl gibt es Bratkartoffeln und eingelegte Gurken. Ein Festessen. Dann Nachtruhe, waschen, auftanken, und zurück geht es wieder auf die Stellung. Seine Frau weiß nicht, dass er Krieg führt. Ihr hat Nachtigall gesagt, dass er auf Dienstreise ist, per WhatsApp schickt er ihr Nachrichten. Sein Sohn ist eineinhalb und heißt Iwan. Jeder Mann muss sein Haus verteidigen, antwortet Nachtigall auf die Frage, warum er hier ist.

Es passiert nicht viel in der Promka, und dennoch ist es ein Kampf um Leben und Tod, jeden Tag, jede Nacht. Trau nichts und niemandem, sei wachsam, du weißt nicht, was der Gegner im Schilde führt. Santa ist gealtert in diesen zwei Jahren, auch wenn sich hier die Bräute um ihn scharen. Sie himmeln ihn an, er ist ihr Held, und ihm schmeichelt die Aufmerksamkeit. Es geht ihnen um das Foto, den perfekten Schuss. »Ich gebe euch ein schockierendes Interview und ein Selfie«, ruft er uns bitter zu. »Ihr wollt uns schießen sehen, und dann haut ihr wieder ab.« Der Ruhm des Kämpfers endet jäh. Santa hat schon viele sterben sehen.
»Man sagt, die Helden sterben nicht, aber nach fünf Tagen ist jeder vergessen. Außer deiner Familie vermisst dich niemand. Wenn ich sterbe, wird es in der Zeitung stehen, und man wird sich vielleicht eine Woche an mich erinnern«, sagt er. »Ja, da hast du recht, Santa«, stimmt ihm der Maler gedankenverloren zu. »Es ist nicht einmal klar, ob jemand am neunten Tag zur Seelenmesse kommen wird.«
»Wenn du stirbst, komme ich!«, witzelt Santa, und die Runde bricht in dankbares Gelächter aus. Im nächsten Moment ist er wieder ernst.
»Hinter jedem dieser Burschen steht eine ganze Welt. Meine 200er tun mir weh.« Mit 200er werden im Militärjargon die Gefallenen bezeichnet. »Was kann ich über die sagen, die ich nicht kenne?«
Santas trübe Gedanken lassen nur einen Schluss zu: »Wir brauchen einen Sieg. Ich bin Verteidiger, ich kämpfe bis zur Staatsgrenze, und nicht weiter.«
»Ich persönlich hätte nichts dagegen«, fällt ihm der zu Scherzen aufgelegte Maler ins Wort, »eine Datscha mit Ziegeln aus dem Kreml aufzubauen.«

Am Ende des Abends rappeln sie sich aus ihren Sofas auf und stimmen ein ukrainisches Volkslied aus dem Karpatengebirge an, fünf tiefe Männerstimmen im Chor, Tsunami, der Helfer aus Kiew, der wortkarge Schamane, der Maler mit seinem eigenwilligen Humor, Nachtigall mit der klaren Stimme und Santa, der seinen Ärger kurz in eine Ecke des Gehirns verbannt. Es heißt »Schwarze Berge«, ein patriotisches Lied und eine Beschwörungsformel: Sie sind noch da und am Leben.

> *Я ніколи і нікому не віддам рідного дому*
> *Знає неня Чорна Гора, гей, гей-гей.*
> *Я нікому і ніколи не віддам ці гори, доли*
> *Знає неня Чорна Гора, гей, гей-гей.*

Ich gebe niemals und niemandem meine Heimat.
Snaje nenja Tschorna Hora, hey hey hey.
Ich gebe niemals und niemandem diese Berge und Wiesen.
Snaje nenja Tschorna Hora, hey hey hey.

Wenn sich der Feind nur durch Gesänge vertreiben ließe.

Ein paar Tage später stirbt der Schamane in einem Artilleriegefecht. Es ist der Nachmittag des 30. März 2017. Im zivilen Leben hieß er Dmitrij Sumskij, war 42 Jahre alt, verheiratet und stammte aus Kiew. Mit ihm kommen zwei weitere Männer ums Leben. Tags darauf ist im Lagebericht der Armee von zwei Toten in Awdiiwka zu lesen, Angehörige der 72. Brigade. Vom Schamanen keine Rede. Als Freiwilliger war er offiziell gar nicht an der Front. In der Statistik tauchen Selbstmörder wie er nicht auf.

Das Begräbnis findet in Kiew statt, an einem sonnigen Apriltag. Dutzende Männer und Frauen in Militärkleidung sind gekommen. Auch Wolodymyr Regescha ist dabei, als der Sarg in der Erde verschwindet. »Du bist im Kampf gestorben wie ein richtiger Krieger«, schreibt er anderntags auf Facebook. »Schlaf ruhig. Und vergib mir, Kumpel.«

TOREZK

Im Jahr 2015 beschloss das ukrainische Parlament, dass kommunistische Orts- und Straßennamen sowie Sowjet-Denkmäler aus dem öffentlichen Raum entfernt werden sollen. Die Entscheidung war vor allem im Donbass umstritten, wo das sowjetische Erbe länger gepflegt wurde als anderswo in der Ukraine. Auch die Stadt Dserschinsk erhielt einen neuen Namen: Torezk. Nicht mehr der Gründer der sowjetischen Geheimpolizei, Felix Dserschinskij, ist nunmehr ihr Namensgeber, sondern ein Fluss in der Region.

Die Landstraße nach Awdiiwka, Schlackehügel und Müll. Zwei Teenager stehen am Asphaltrand und halten einander umarmt. Dascha ist 16 und Pascha ist 17.

Wie heißt eure Stadt?
Dascha: *Torezk.*
Pascha: *Dserschinsk.*
Dascha: *Torezk.*
Pascha: *Dserschinsk.*
Welcher Name gefällt euch besser?
Beide: *Dserschinsk.*

Ich war fünf Jahre lang Bergmann. Jetzt bin ich
Invalide und Wachmann. Ich arbeite 24-Stunden-
Schichten und pausiere dann für drei Tage. Mit
einem Lohn von 2.500 Hrywnja kann man nicht
zufrieden sein. Ich will in einem normalen Land
leben. In meiner Freizeit gehe ich gern fischen.
Wenn sie die Schächte zumachen, dann bleibt
nichts übrig. Dann gibt's hier nichts mehr zu tun.

Nikolaj Nikolajewitsch, 29, Wachmann im Torezkaja-Schacht

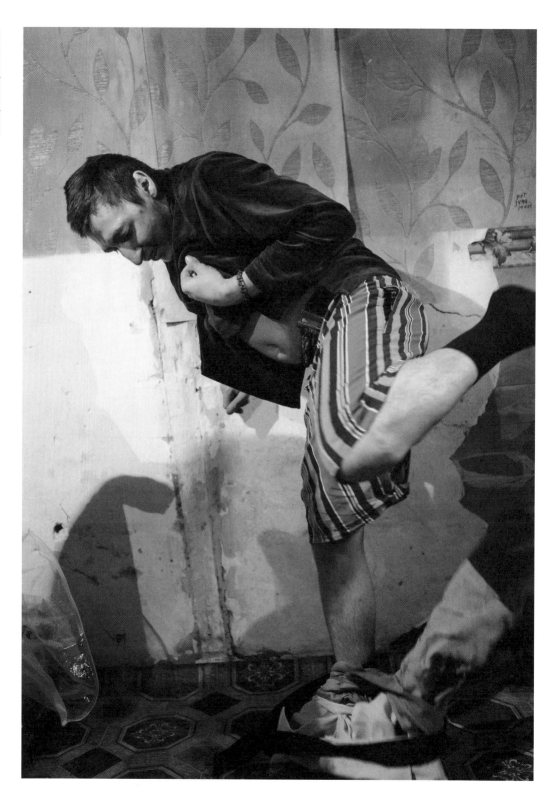

ROMA

Torezk

◆ *Roma, ne nado* rufen sie unentwegt. Roma, lass das! Das sind die Worte, die ihn verfolgen. Roma ist um die 30 und wird doch immer ein Kleinkind bleiben. Mobiltelefone und andere elektronische Gerätschaften ziehen ihn magisch an, er will sie mit seinen Fingern zunächst sanft ertasten, streicheln, und, wenn seine Berührungen klammernder werden, einstecken. Roma zieht über, was er kriegen kann, als wolle er sich von seiner Umgebung durch einen dicken Textilpolster schützen. Eine Hose über die andere, sein Bäuchlein quillt aus dem Hosenbund, T-Shirt, Pulli, Pulli, noch einen, er schwitzt, egal. Sein schwarzes Haar fällt ihm strähnig ins Gesicht, und aus seiner Nase tropft Rotz. Roma riecht streng, denn gewaschen wird er selten, und wenn seine Familie keine Windeln hat, und das ist meistens der Fall, scheißt er in die Hose. Er liebt Musik, egal welche, er tanzt dazu, und wenn er gut gelaunt ist, dann rollt er das *R* lang und laut: *RRRRRRRRRRRRRRRRR*. Roma spricht in einer geheimen Sprache, die aus Lauten, Geräuschen und einzelnen Worten besteht. »Disc« ist so eines, es ist verbunden mit der Hoffnung, dass das elektronische Gerät Musik ausspucken möge. »Disc, Disc« ruft er, als wolle er ein Kätzchen locken. Seine Familie versteht ihn schlecht. *Roma, ne nado,* ist das, was sie ihm am häufigsten hinterherrufen. Er hört es, manchmal. Hunger hat er immer.

◆ Die Straßen im Viertel hinter dem zentralen Markt tragen die Namen deutscher Kommunisten. Rosa Luxemburg und Karl Liebknecht hat man hier posthum zu Nachbarn gemacht. An den Straßen, die eigentlich pfützengesäumte Wege sind, stehen geduckte, ebenerdige Häuser, in denen niemand wohnt, der viel Geld hat. Der Tabor ist eines der drei Roma-Viertel von Torezk. Wie viele Roma in der Stadt leben, weiß man nicht genau, und mitunter ist die Ungewissheit in der derzeitigen Krise beruhigender als exakte Zahlen, die viele empören würden, an denen aber doch nichts zu ändern wäre. Ein paar Tausend werden es jedenfalls sein.

In der Siedlung der deutschen Revolutionäre steht am Ende eines Weges, dort, wo er sich im struppigen Grasland verliert, das Haus der Familie. Weiß und schief, auffällig nur in dem, was ihm fehlt: Fensterglas (Plastikplanen sind in die türkisblauen Rahmen eingespannt), Tisch und Stühle, Betten (in der Ecke lehnen Matratzen, die sie am Abend auf dem kalten Kunststoffboden auslegen). Zwei Zimmer für sieben Menschen: Roma, seine Mutter, sein 20-jähriger Bruder Ruslan und Schwägerin Ljuda mit den drei Kindern, Vera, Manjuscha und der einjährigen Sabrina. Das Haus hat einen Herd, der mit Holz befeuert wird, und auf ihm kocht Romas Mutter Tee. Eine abgemagerte 50-Jährige, die aus Charkiw stammt und ihres Ehemannes wegen, Gott hab ihn selig, nach Torezk gekommen ist. Fragt man sie danach, wann es besser war, unter Janukowitsch oder jetzt, antwortet sie ohne zu zögern: unter Breschnew! Damals haben die Roma gut gelebt und gearbeitet. Sie als Erntehelferin. Das Leben war einfach. Der Teufel weiß, warum es jetzt so schwierig ist.

◆   Zuerst war das Bergwerk, dann die Stadt. Also, fast war es so. Die Geschichte von Torezk fängt an im Jahr 1806, als dort eine Kosakensiedlung gegründet wird. Doch die eigentliche Entwicklung der Stadt, die zunächst eine Erfolgsgeschichte war, beginnt mit der Förderung der Kohle. 1860 wird der erste Schacht eröffnet. Die Entwicklung von Torezk, das in der Sowjetunion lange Jahre Dserschinsk hieß, benannt nach dem Erfinder der Geheimpolizei, Felix Dserschinskij, bemisst sich fortan in den jährlichen Fördermengen der Kohle. Dort, wo keine Fördertürme und Schlackehügel aus dem Boden wachsen, stellt man Behausungen für die Arbeiter hin, zuerst sind es Holzhütten, später schmucklose Wohnblöcke in langen Reihen. »Torezk – Stadt der Bergmänner« steht als Riesenbuchstaben-Monument auf Ukrainisch und in Gelb-Blau auf einer Anhöhe über dem Zentrum. Der aussterbenden Bergmänner. Die Schächte werden dichtgemacht. Es kommt nichts nach. Drei von sieben sind noch übrig. In den Bergarbeiterklubs regiert die Tristesse, und die Holztore der Kulturzentren der Kumpel sind vernagelt. Die Stadt stirbt. Von den früher 100.000 Einwohnern der Gemeinde sind gerade einmal 70.000 übrig. Wer hierbleibt, der kann nicht weg. In den heißen Sommertagen des Jahres 2014 vertrieb die Armee die Separatisten, die in der Stadt für ein paar Monate den Ton angegeben hatten. Das Gebäude der Stadtverwaltung im Zentrum steht noch immer ausgebrannt da und wirkt wie ein Triumph des allgemeinen Niedergangs. Die Parks und Rabatten sind mit Flaschen und Verpackungsmaterial übersät, als habe die Straßenreinigung aufgehört, hier noch für Sauberkeit und Ordnung zu sorgen. Torezk liegt in der Grauen Zone, die Front verläuft an seinem Rand. Es scheint, als habe die Regionalpolitik den Ort so gut wie aufgegeben und seine Bewohner sich selbst überlassen. Wer würde es auch wagen, hier zu investieren oder etwas aufzubauen, wenn es im nächsten Moment zerstört werden kann? Torezk ist wie eine Ware mit überschrittenem Ablaufdatum, die im Regal liegen geblieben ist. »Wird ein Bergwerk geschlossen, bricht eine ganze Gemeinschaft zusammen.« So beschreibt Olga Rudenko, eine Frau mit voluminösem Dekolleté und in Form geföhntem kinnlangen Blondhaar, die hiesige Lage. »Die Aktiven sind längst weggegangen. Die anderen versuchen zu überleben.«

Rudenko ist eine mittelalte Dame, die eine Sozialorganisation namens »Ökologie und sozialer Schutz« für Romnija gegründet hat. Über die Romnija wacht sie mit Adleraugen wie eine Heimleiterin über ihre minderjährigen Schützlinge. Sie bringt den Frauen das Chorsingen bei und hilft bei der Arbeitssuche. Seit der Krieg ausgebrochen ist, ist es für die Roma noch schwieriger geworden (nicht, dass es vorher besonders einfach war). Viele von ihnen leben vom Walnusssammeln. Im Herbst ziehen sie in die umliegenden Wälder, suchen die harten, braunen Nüsse, entkernen, waschen und verkaufen sie weiter. Davon haben sie bisher ihr Auskommen finanziert. Doch viele der Walnusshaine sind nun vermint oder liegen auf der anderen Seite der Front, um die Ecke, jedoch unerreichbar weit entfernt.

◆ Roma weiß, dass es Teresa ist, und deshalb lässt er sie nicht mehr aus seiner Umklammerung. Teresa bringt immer etwas mit, heute ist es Kleidung, die Roma sofort an sich reißt und anziehen will. Doch einiges ist zu klein für ihn, es ist für Manjuscha, Vera und Sabrina gedacht. Nur widerwillig gibt er die Stücke ab. Wenn man zu wenig hat, nimmt man alles, was man kriegen kann.

Teresa ist keine Mutter Teresa, sondern eine gestrenge, prinzipientreue Frau aus Florida, die es vor 20 Jahren nach Torezk verschlagen hat. Ihr braunes Haar trägt sie lang, und an ihrem Pulli hat sie eine Anstecknadel in Form der ukrainischen Flagge angeheftet. Sie spricht kaum Russisch und hat es doch geschafft, ein zweistöckiges Haus auf einem Grundstück mit großem Garten zu bauen, wie es kein zweites in Torezk gibt. Hier wohnen freiwillige Helfer, und es wird aus der Bibel gelesen. Mit ihren Helfern hat Teresa unter Polizeischutz im Vorjahr Straßenmasten in Gelb-Blau angestrichen. Um zu zeigen, dass Torezk die Ukraine ist, sagt sie. Man toleriert mich, antwortet sie auf die Frage nach dem Verhältnis der Lokalbevölkerung zu ihrer Arbeit, leiste sie doch soziale Hilfe, da sei es schwer, etwas dagegen einzuwenden … Die, die sie nicht tolerieren, haben eine Scheibe in ihrem Sozialzentrum eingeschlagen. Das zersplitterte Fensterglas hat sie den Torezkern wie zur Mahnung stehen gelassen.

Roma ist ein schwerkrankes Kind, sagt Teresa, Epileptiker, Autist, sehbehindert, der Sprache nicht mächtig. Mit acht Jahren ist er vom Hausdach heruntergefallen. Bis dahin konnte er sprechen. So erzählt es seine Mutter, die Teresa am Ende des Besuchs um bruchsicheres Geschirr, neue Bettwäsche (Roma hat die alte verdreckt) und Fensterglas bittet. Fragt man Romas Mutter, was abgesehen von Breschnew gut war, war es die DNR oder ist es die Ukraine, so hat sich ein Ereignis in ihr Gedächtnis gebrannt: Als die Separatisten im Ort die Macht ergriffen, zogen sie durch das Viertel der deutschen Revolutionäre und verteilten *tuschonka*, Büchsenfleisch. Die Ukrainer aber haben das noch nie gemacht.

◆ An einem sonnigen Frühlingsmorgen ziehen Ljuda, Ruslan und sein Cousin aus, um Geld zu beschaffen. Ljuda hat sich zum Spaziergang in die Stadt chic gemacht: das dunkelbraune Haar zu einem Pferdeschwanz nach hinten gekämmt, einen engen langen Rock, schwarze Strümpfe, Stiefeletten. Die Burschen haben Metall gesammelt und ziehen dieses auf einem Wägelchen hinter sich her, das immer kurz davor ist, vor Erschöpfung auseinanderzubrechen. Metallteile, Federn, Stangen, Drähte. Das Lager des Altwarenhändlers befindet sich neben einem Schlackehügel. Im Hof, der vollgeräumt ist mit Metallteilen in allen Größen und Formen, wiegt der Mann die Stücke ab. Schweigend, als wäre jedes Wort eine Verschwendung der knappen Ressourcen. Ein paar Teile wirft er gleich weg, unbrauchbar. Die drei sehen gebannt zu. Bittsteller sind sie, zu verhandeln gibt es nichts. Schließlich drückt ihnen der Händler die Geldscheine in die Hand: 182 Hrywnja für 48 Kilo Altmetall, umgerechnet sechs Euro, die sie durch zwei teilen müssen, denn dem Cousin gebührt die Hälfte. »Nix kriegt man dafür«, sagt Ljuda, als sie das Wägelchen aus dem Hof ziehen. Dann machen sie und ihr Mann sich auf zum Markt, wo auf baren Blechtischen und in kleinen Buden die tägliche Kost der Torezker verkauft wird, saisonales,

Teresa Fillmon, Torezk, 21.03.2017

krummes, erdverschmiertes Gemüse und ein bisschen Obst, in große Stücke gehacktes Fleisch, trockene Butterkekse und Waffeln, direkt aus großen Kartonschachteln zum Abwägen. Sie besorgen Kraut und Rüben für einen Borschtsch, Tee, Mehl. Und natürlich Kekse. Roma wird sich freuen.

KRAMATORSK

Kramatorsk ist eine Stadt am Rande des Krieges. Nur ein paar Dutzend Kilometer weiter südlich kann man von Alltag nicht mehr reden. Hier schon. Die Schlote rauchen, Arbeiter stapfen von der Maschinenfabrik über den Grünstreifen bergan nach Hause, die Internationalen haben sich in der Stadt stationiert. Sie kurven in ihren weißen gepanzerten Jeeps durch die schnurgeraden Straßen, die von blassgelben Arbeiterkasernen gesäumt sind. Kramatorsk nennen sie Crappytorsk oder Kramadischu. Seit dem Konflikt sind die Herbergen stets gut belegt und die Wohnungspreise explodiert. Kramatorsk ist jetzt Gebietshauptstadt. Das, was früher einmal Donezk war. Das offizielle Zentrum der Region. Beamte, Businessmänner und Studenten sind zugezogen.

In der Alchemist Bar in einem alten Stalinbau trinken Expats belgisches Bier, die Top Boys, Singersongwriter aus Slowjansk, zupfen melancholisch ihre Gitarren. Hipster im früheren Sowjetkino. Die Alternativen treffen sich in der Wilna Hata, einem Jugendzentrum im Erdgeschoß eines Wohnbaus, wo Tee statt Wodka getrunken wird und bei Poetry Slams die Stadtjugend die Liebe und die Langeweile deklamiert. Auf einem Markt spielt ein junger Geiger eine Melodie: »I did it my way.« Kramatorsk, manche nennen es das Berlin des Donbass.

Über die Stadt wacht die ukrainische Armee wie über eine ihr zugefallene fette Beute. Die Separatisten waren in Kramatorsk nur ein kurzer Schrecken, im Juli 2014 sind sie nach Donezk abgezogen. Wenig erinnert heute noch an sie. Am Ortsrand führt die Straße hinauf zum Lenindenkmal, von dem nur noch der Sockel übrig ist. Beim Einfahrtsportal hat jemand auf die Kommunistensteine und Stalinamphoren wie eine Besitzmarkierung die Nationalfahne in Blau-Gelb gesprüht. Doch darunter tritt verkrustete Sprayfarbe hervor, es sind Reste der Separatistentrikolore in Schwarz-Blau-Rot. Ein rotes Rinnsal, wie Blutstropfen.

WILDES FELD

Donbass

Der Donbass ist eine Landschaft, die sich Grenzen widersetzt. Sein Boden erstreckt sich in sanften Wellen bis zum Horizont. Seine Felder haben die Größe von gräflichen Ländereien. Über seine schnurgeraden Straßen muss man einfach rasen. Im Frühling und Herbst lodern auf seinen Äckern die Feuerwälle wie Kunstwerke eines Wahnsinnigen. Manchmal, wenn es still ist, kannst du die Pferdehufe der Reiternomaden hören, die einst über die Steppe donnerten. *Dikoje polje,* wildes Feld, das ist der zweite Name des Donbass.

Der Krieg ist der schlimmste Feind der grenzenlosen Landschaft. Er hat sich in den Boden gebohrt und den Donbass zerteilt. Gezogen sind die erste, zweite und dritte Verteidigungslinie. Gerechnet wird von der Nullposition aus. Gedacht wird in wir da und die dort.

Die Architektur des Krieges: Schützengräben, Verteidigungswälle, unterirdische Parkplätze für Kriegsgerät. Panzersperren ziehen sich quer über den Acker, in den Feldern quillt die Erde aus den Bombentrichtern. Zerplatzte Sandsäcke am Straßenrand, Betonsperren haben Straßen in Labyrinthe verwandelt, bunte Plastikschnipsel warnen vor verminten Feldern. Für Schilder reicht das Geld nicht immer. Seitdem der Krieg in den Donbass gezogen ist, gibt es keine Natur mehr. Übrig geblieben ist Topografie, derer man Herr werden will: strategische Höhen, die zu erobern sind, Felder, die überrollt werden können, Wäldchen, die Versteck bieten, Flüsse, die das Vorwärtskommen erschweren.

Dein Blick folgt den Zeigefingern der Soldaten. Sie weisen dorthin, wo der Feind steht. Üblicherweise versteckt er sich in der Nähe von abgewaschenen Wohnblöcken, zwischen Rauchfängen und Schlackehügeln, hinter den Fördertürmen der Zechen. Irgendwo im satten Grün zwischen hier und dort verläuft die Front. Wo das Feindesland beginnt, ist mit freiem Auge nicht zu erkennen.

MAJORSK

Es hat keinen Sinn, Fenster einzubauen,
sie werden doch wieder nur zerstört.

Wolodja hat mit dem Rechen die Erde
gelockert.

Wir sind das Dorf hinter dem Checkpoint.

*Den Kontrollpunkt Majorsk überquerten
gestern 5.450 Menschen und 890 Fahrzeuge.*

*17. 02. 2017 – Die Ausreise aus Horliwka
ist der reinste Albtraum. Mehr als 100 Autos
warten, alles steht, keine Bewegung.*

Mit dem Zeigefinger drückt Olga ein Korn
nach dem anderen in die aufgewühlte Erde.

Alle haben Angst hier.

*Nach Bachmut sind es 24 Kilometer, nach
Horliwka 17.*

Ich liebe mein Land und seine Leute.
Ich will sie einig sehen, sagt der Nachbar.

Am 1. Juli 2014 ist es hier losgegangen.

Hier setzen wir Radieschen aus, da drüben
kommen Kartoffeln und Karotten hin.

Der Nachbar hat sein Haus im Jahr 1983
mit seinen eigenen Händen gebaut.

Ein Dorf an der Landstraße T0513, dahinter
eine Bahnstation und Felder.

Früher war es ein Traum hier, sagt der
Nachbar.

Von ihrem Haus aus können sie die Men-
schenschlangen am Checkpoint beobachten.

Warum ist die Front ausgerechnet hier zu
stehen gekommen?

*03. 02. 2017 – Durch die Verlegung des
Übergangs nach Majorsk werden neun Ort-
schaften aus der Grauen Zone heraus-
geholt, kündigt der Donezker Gouverneur
Pawlo Schebriwskij an.*

Die Fenster sind mit Brettern vernagelt.

*Den Kontrollpunkt Majorsk überquerten
gestern 5.950 Menschen und 655 Fahrzeuge.*

Wir verstehen nicht, wer hier gegen wen
kämpft.

*21. 07. 2015 – Gegen acht Uhr früh kommt
bei Majorsk ein Auto unter Beschuss. Zwei
Frauen werden schwer verletzt.*

Am Anfang waren sie in der Grauen Zone.
Jetzt zählen sie offiziell zu Bachmut.

Wenn sie uns umbringen, dann bringen sie
uns eben um.

Die eine Tochter lebt in Horliwka, auf der
anderen Seite.

Den Kontrollpunkt Majorsk überquerten gestern 8.300 Menschen und 1.160 Fahrzeuge.

Die andere lebt in Russland.

Zum Einkaufen fahren sie nach Bachmut.

22. 10. 2016 – Bei der Ausreise aus dem besetzten Gebiet werden am Checkpoint zwei Männer verletzt. Sie gehen von der Straße ab, kurz danach sind zwei Explosionen zu hören.

Natürlich bauen wir etwas an. Wovon sollen wir sonst leben?

Idioten und Anständige gibt es da und dort, sagt der Nachbar.

Kühe wurden von Geschosssplittern getroffen, eine Frau ist in eine Sprengfalle gestolpert und gestorben. Eine andere hat eine Herzattacke nicht überlebt.

Wolodja nimmt den Rechen und streicht sachte die Erde über die Samen.

28. 10. 2016 – In der Früh warten 20 Autos aus der Richtung des okkupierten Donbass auf die Überfahrt.

Paprika, Tomaten, Gurken, Karotten, Erdbeeren, Kirschen.

Die Gasleitung wird nicht mehr repariert.

Den Kontrollpunkt Majorsk überquerten gestern 9.155 Menschen und 1.070 Fahrzeuge.

Die Einschusslöcher im Blechtor rosten.

Wenn du nichts tust, wirst du verrückt, sagt der Nachbar.

21. 05. 2015 – Mitarbeiter der Firma »Wasser Donbass« werden bei Reparaturarbeiten der Wasserleitung beschossen. Sie müssen unverrichteter Dinge abziehen.

Auf die weiter entfernten Felder kann man nicht mehr gehen, zu gefährlich.

Früher war ich ein Optimist, sagt der Nachbar, aber jetzt verstehe ich, dass sich der Konflikt nicht schnell lösen wird.

Über ihren Köpfen verläuft eine Hochspannungsleitung.

Den Kontrollpunkt Majorsk überquerten gestern 7.630 Menschen und 915 Fahrzeuge.

Niemand braucht uns.

Für heute haben die beiden genug gearbeitet.

06. 04. 2017 – Ein Areal nahe dem Übergang wird von ukrainischen Fachkräften entmint.

Die Hoffnung stirbt zuletzt, sagt der Nachbar.

Den Kontrollpunkt Majorsk überquerten gestern 8.550 Menschen und 980 Fahrzeuge.

CHECKPOINT

Majorsk

Die Warterei beginnt 20 Kilometer von der Stadt Bachmut entfernt. Man lädt dich ab an einem kleinen staubigen Plätzchen am Rand der Straße. Es ist zehn Uhr. Du stehst. Wartest. Die Schlange bewegt sich um zwei Schritte vorwärts. Du packst deine Tasche, stellst sie zwei Schritte weiter vorn wieder ab. Stehst. So geht es eine Weile. Zunächst kannst du nichts erkennen. Rechts von dir fahren Autos vorbei, immer wieder muss die Schlange in den Dreck ausweichen, weil die Straße so eng ist. Fast alle vor dir haben graues Haar, zwei oder drei prall gefüllte Plastiktaschen in der Hand und Kunststoffmäntel am Leib. Schlangengespräche: die Qual des Pensionsbezugs, die schlimmsten Erlebnisse beim Kreuzen, welche Waren auf welcher Seite der Front billiger sind. Eine Frau aus Debalzewe hat einen Internetrouter und ein Blutdruckmessgerät gekauft, drei Mal günstiger sind diese Dinge in der Ukraine. Sie vermisst den Geschmack der ukrainischen Waren, die es in der Donezker Volksrepublik, der DNR, nicht mehr gibt. Aber dafür ist das Brot dort billiger.

Nach einer Stunde Schlangestehen taucht im linken Blickfeld ein blaues Zelt mit der Aufschrift UNHCR auf, ein Unterschlupf der Vereinten Nationen, in dem man sich wärmen kann. Alte Frauen sitzen mit Plastikbechern mit Tee und Keksen davor. Daneben sind Plumpsklos aufgebaut, drei Holzhütten in einer Reihe, gespendet von der Europäischen Union. Wäre Brüssel nicht, müssten die Leute ins Minenfeld kacken. Da soll noch einer behaupten, die EU ist fern vom Lebensalltag der Menschen. Du stehst weiter in der Schlange, und vor dir erscheint eine weiße Plane. Ein Aufpasser teilt dich einem Fenster zu, du gibst deine Passierscheinnummer durch und zeigst deinen Pass. Du bekommst ein Zettelchen mit Datum und Stempel ausgehändigt. Ein Blick auf die Uhr sagt dir, es ist zwölf. Weiter.

Hinter dem Zelt fahren Kleinbusse ab, du drückst dem Fahrer fünf Hrywnja in die Hand und ergatterst einen Sitzplatz. Er fährt vielleicht einen Kilometer. Du bist am letzten ukrainischen Checkpoint und machst, was alle tun, du drückst dem Soldaten den Ausreisebeleg in die Hand. Die alten Menschen schleppen ihre Taschen auf der Straße weiter. Du folgst ihnen. Vor deinen Augen formiert sich eine riesige Schlange, die auf die Weiterfahrt im Niemandsland wartet. Du stellst dich an, aber schon bald wird daraus ein Kuddelmuddel, weil Busse kommen und die Menge auf den Eingang zustürmt.

Du ergatterst einen Stehplatz in einem der Busse, die Fahrt kostet dich 25 Hrywnja für vielleicht drei Kilometer. Nach einem Kilometer kommt der erste DNR-Checkpoint auf der Höhe des früheren Automarkts. Die Hintertür öffnet sich,

der Bewaffnete wirft einen Blick rein und winkt den Bus durch. Weiter fährst du auf der Straße, am Rand dürre Bäume, nutzlos gewordene Schützengräben, Liegengelassenes, Kartons, Plastikflaschen. Der Krieg macht eine Menge Müll. Schließlich kommst du am ersten befestigten Donezker Stützpunkt an, einer früheren Tankstelle. Eine Masse an Menschen, die Stimmung ist schlecht, sie stehen schon eine ganze Weile an, Frauen beschimpfen einen Aufpasser in Grün, nichts geht weiter. Einzeln werden sie zu den Fenstern gerufen, um ihre Passangaben auf der Einreisekarte durchzugeben.

Du weißt nicht, wie lang sie schon stehen, geschweige denn noch stehen werden, hier ist die gemeinsame Fahrt zu Ende, weil du schon von der Donezker Staatssicherheit erwartet wirst. Man führt dich in einen Raum, in dem früher der Tankstellenbesitzer gesessen haben muss, und deine Formalitäten dauern vielleicht eine halbe Stunde. Es ist 14 Uhr, 15 Uhr nach Donezker Zeit, und du hast vier Stunden für eine Strecke von fünf Kilometern gebraucht. Du weißt von Leuten, die hier zwölf Stunden oder 38 Stunden gestanden sind. *Tebe poweslo,* Du hast Schwein gehabt.

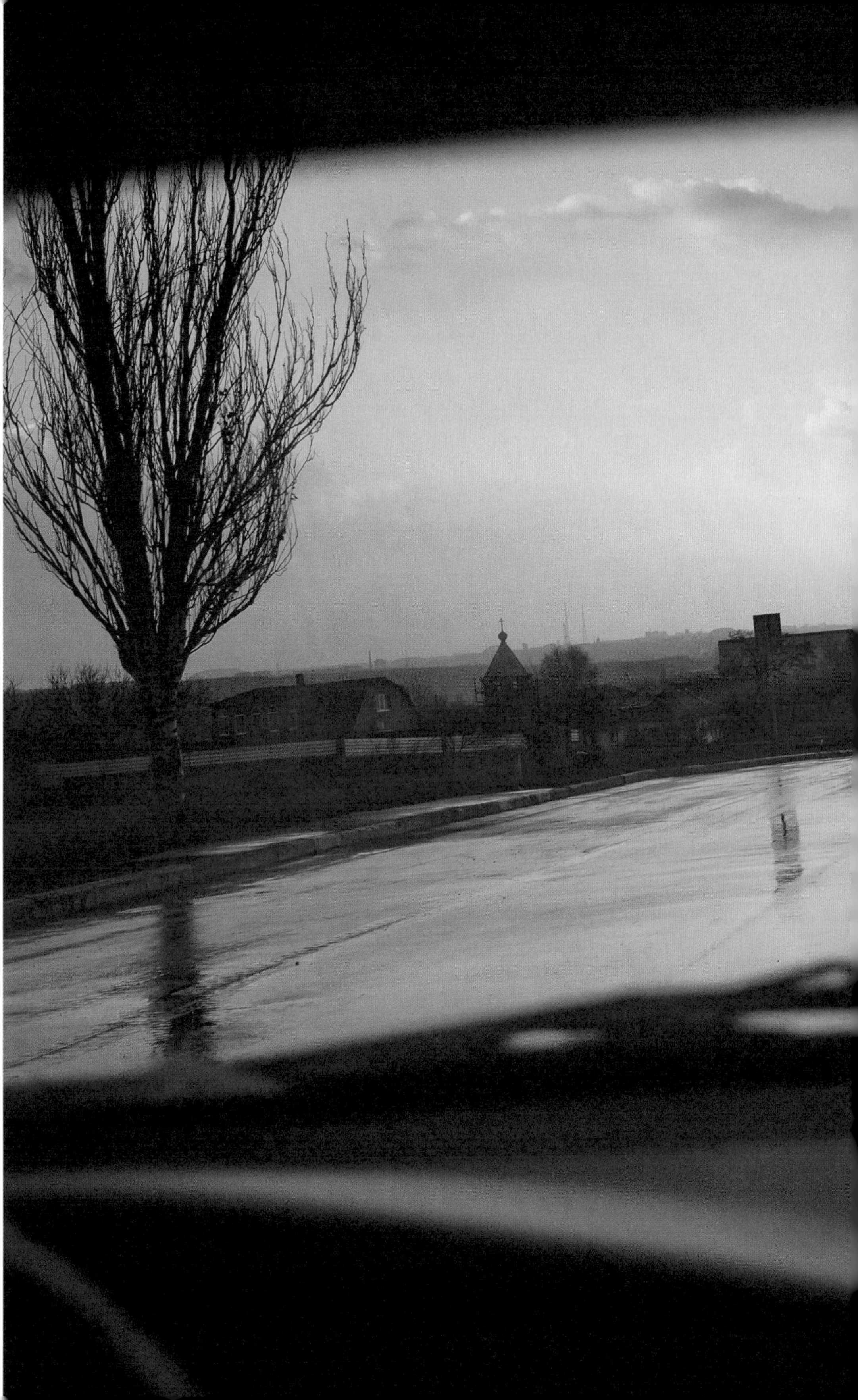

bei Donezk, 28.03.2017

DONEZK

Es gibt keine vernünftigen Burschen hier, seufzt Julia. Möglich, dass es im Zentrum anders ist, aber das ist mehr als 20 Kilometer weit weg. Sie war schon lang nicht mehr dort.

Den Männern hier geht man am besten aus dem Weg. Wenn sie einem entgegenkommen, wechselt man die Straßenseite. Die Typen hier sind ungehobelt und grob. Sie haben keine Manieren. Sie spucken ausgelutschte Sonnenblumen-schalen auf den Boden, und sie haben, wenn sie nicht gerade eine Flasche Rum-Cola umklammert halten, zumindest einen entsprechenden Atem. Ihnen liegt stets ein Schimpfwort auf der Zunge, das sie, wenn sie es erst einmal ausgesprochen haben, noch mehrere Male genüsslich durch ihr löchriges Gebiss mahlen. *Gopniki* heißen die Mitglieder dieser abgefuckten Trainingsanzugs-Mafia, die sich an den Randzonen der Städte sammeln. In ihrer Uniform von Adibas oder Nickey schlurfen sie durch die Gassen. Manche von ihnen sind Kleinkriminelle, andere einfach nur Taugenichtse.

Trudowskaja ist eines jener Stadtviertel, aus denen es kein leichtes Entkom-men gibt. Zwischen Schlackehügeln und Fördertürmen sitzen die schmucklosen Unterkünfte von Bergarbeitern und Hilfsarbeitern. Unverwüstliche zweistöckige Wohnhäuser mit vom Grün überwucherten Gärten für alle jene, die das Schicksal hier zusammengeworfen hat. Der Teich, die Schule, der Fußballplatz, der mit Sand-säcken verbarrikadierte Gemischtwarenladen, die Sehenswürdigkeiten sind schnell passiert. Julia kennt die Straßen, auf denen man gehen kann, und andere, die man besser meidet, weil dort *naschi*, wie sie sagt, die Unsrigen also, stehen, auch sie Männer von zweifelhaftem Ruf.

Wenn man ihr Facebook-Profil ansieht, würde man nicht annehmen, dass sie an der Front aufwächst. Hier ist sie ein Teenager wie jeder andere, sie schreibt über ihre neuen blitzblauen Turnschuhe, streicht sich das brünette Haar aus dem Gesicht und wirft sich mit den besten Freundinnen in Pose. Doch wenn sich nicht die Lachgrübchen in ihr Gesicht graben, sieht sie schrecklich erwachsen aus. 14 Jahre ist Julia alt, seit drei Jahren ist Krieg in Trudowskaja, das macht fast ein Viertel ihres Lebens. Kann diese Rechnung verständlich machen, was sie erlebt hat? Wie hat der Konflikt sie geprägt, wie verändert? Man könnte versucht sein, alles, was sie sagt und tut, durch das Prisma des Krieges zu sehen. Ein Teenager im Krieg. Erwachsenwerden im Krieg. Jugend im Bunker. Doch das Leben, das mehr ist als bloßes Überleben, besteht ja gerade darin, der kaputten Welt für Minuten, ja viel-leicht sogar für Stunden ein kleines Stück abzutrotzen, etwas, was heil ist, unberührt ist, was nichts mit Leid und Angst und Schrecken zu tun hat.

An die verordnete Ausgangssperre um 23 Uhr hält sie sich nicht immer, sondern streunt mit Freunden herum. Über die tägliche Bedrohung reißt sie Witzchen. »Hab keine Angst, ich werfe mich über dich«, sagt Julia grinsend, als es in der Nähe wummert. Sie weiß, was zu tun ist: Lauf nicht weg, sondern wirf dich auf den Boden, damit die Splitter über dich hinwegfliegen, schlag die Hände über den Kopf und reiß deinen Mund sperrangelweit auf, damit die Druckwelle durch dich hindurchfließt und keine Gefäße platzen. Eine Szene wie aus einem Actionfilm. Es könnte klappen.

Der Krieg ist die Hintergrundmusik ihres jetzigen Lebens, wie eine dieser notorischen Melodien in Aufzügen oder Kaufhäusern, die sich fast lautlos ins Unterbewusste schleichen. Man überhört sie, aber sie sind immer da. Noch vor ein paar Jahren wollte Julia Friseurin werden. Später wollte sie kämpfen – wie mehrere Bekannte aus Trudowskaja, die sich den Separatisten angeschlossen hatten. Nun schwebt ihr eine Karriere im Katastrophenschutzministerium vor. Noch immer eine halb militärische Organisation, aber mit Schwerpunkt auf Helfen, nicht auf Töten, eine gute Idee. Der Verdienst ist in Ordnung, die Uniform schön dunkelblau, und man kann sich Abzeichen verdienen, fast wie im Militär. Vielleicht sind die Kinder und Jugendlichen die größten Patrioten der Volksrepublik, bald wird sie alles sein, woran sie sich in ihrem Leben erinnern. In der Schule lernen sie im Fach Staatsbürgerkunde alle Einzelheiten über Donezk und das Volk des Donbass, und natürlich haben sie auch russische Geschichte. Die Ukraine ist aus dem Lehr- und dem Lebensplan verschwunden, als habe es sie hier nie gegeben.

Ein paar Hundert Meter weiter auf der Hauptstraße trifft Julia ihre Mädchenbande, Freundinnen aus der Schule, die so laut schreien und kichern, dass selbst die *gopniki* einen Sicherheitsabstand halten. Sie werfen ihr Haar durch die Luft und in Form, vergleichen Nagellackfarben und schießen Selfies. Die Unsrigen fahren vorbei, und die Mädchen vollführen einen ironischen Tanz. Drei Freundinnen wollen heute noch was erleben. Sie werden, so erzählen sie stolz, die paar Kilometer ins Bezirkszentrum fahren, nicht ins Stadtzentrum, aber zumindest raus aus dem Trudowskaja-Viertel. Ein Cola trinken, auf den Gehsteigen von Petrowskij promenieren, die es dort, anders als hier, gibt, Schaufenster schauen, vielleicht ein paar Burschen kennenlernen, andere als die von hier. Es wird lang mit möglichen Chauffeuren telefoniert, geschrien, lauthals geflucht und dann die Aktion ergebnislos abgeblasen. Keiner will fahren. Für den Bus ist es schon zu spät. Aus Trudowskaja gibt es kein leichtes Entkommen.

Julia Wlasowa, Donezk, 26.03.2017

DAS VOLK DES DONBASS

Donezk

Für mehrere Tausend Männer begann der 6. April 2017 frühmorgens an Sammelpunkten in verschiedenen Städten des Separatistengebiets. Sie wussten nicht genau, wohin die Fahrt gehen würde, sie hatten nur die Anweisung bekommen, Wasser mitzunehmen, wettergerechte Kleidung und eine Kopfbedeckung. Alkohol war strengstens verboten, Mobiltelefone mussten ausgeschaltet werden. Busse holten die Männer ab und fuhren sie an einen Ort in der Mitte der Volksrepublik. Ziel der Fahrt war ein Feld in der Nähe der Stadt Torez.

An diesem wolkenverhangenen Tag ließ die Donezker Führung 30.000 Reservisten auf einem Truppenübungsplatz bei Torez aufmarschieren. Es war eine Machtdemonstration an Kiew, ein Beweis dessen, wie viele freiwillige Verteidiger die junge Republik aufbringen kann. Die Busse brachten Tausende alte und junge Männer in eine Einöde, auf der kein grüner Halm spross, Männer im Alter von 18 bis 55 Jahren, Studenten, öffentliche Angestellte, Arbeiter staatlicher Betriebe.

Freiwillig war an der Versammlung wenig: Direktoren waren zur lückenlosen Mobilisierung ihrer Mitarbeiter angewiesen worden, an den Universitäten drohten bei Nichterscheinen schlechte Noten am Semesterende. Wer nicht komme, der sei ein Deserteur, hieß es. Es war eine Versammlung für die Korrespondenten der Fernsehkanäle, die per Live-Übertragung von dem Ereignis berichteten, und die Flugdrohnen, die fortwährend Bilder aufnahmen von den Abordnungen auf freiem Feld: vom stolzen und unbeugsamen Volk des Donbass.

Das Volk des Donbass in Trainingshosen und Turnschuhen. Rauchend, wartend, schlotternd, grinsend, sich langweilend, von einem Bein aufs andere tretend.

Doch im Donbass verblassen die Lettern auf den Plakaten schnell, die Phrasen der Führer nutzen sich umgehend ab. Die Führer behaupten gern, dass sich das Volk des Donbass im Frühling 2014 gegen den Maidan erhoben hat und seither für seine Unabhängigkeit kämpft. Wenn man ihren Worten glaubt, dann ist das Volk des Donbass arbeitsam, wehrhaft, damals wie heute vereint im Kampf gegen den Faschismus, es ehrt die im Vaterländischen Krieg Gefallenen und die russische Sprache, ist voller Stolz über die Errungenschaften der Sowjetunion und der heute noch keuchenden Schwerindustrie. Doch das unbeugsame Volk des Donbass ist ein Mythos, entstanden in der Krise. Die Belagerung hält es am Leben. Der Krieg ist seine Rechtfertigung und Lebensader. Die besten Jahre des Donbass sind vorüber. Seine Identität speist sich aus einer unstillbaren Sehnsucht nach einem Staat, der nicht mehr ist und nie wieder sein wird. Diagnose: schwere postsowjetische Depression. Nostalgie ist in diesen Breiten eine Waffe.

Eine Region wird zur Republik, und niemand will sie. Nicht die Ukraine, nicht Russland. *My nikomu ne nuschny,* sagen die Menschen, sie wissen es selbst: Sie sind überflüssig. Sie hier sind keine Helden, sie sind multipel Betrogene. Die Sowjetunion ist zerfallen, ohne dass sie es verhindern konnten; die Oligarchen haben sie ausgenommen; sogar Viktor Janukowitsch, früherer Präsident und ein wahrhafter Sohn des Donbass, hat sie verraten und sich aus dem Staub gemacht; und schließlich haben auch die Russen sie betrogen, ihre letzte Hoffnung. Was bleibt ihnen also anderes übrig, als die Ukraine zu hassen? Wenn ein Mann fremdgeht, dann hasst seine Frau nicht ihn, sondern seine Liebhaberin.

Falls es ein Volk des Donbass gibt, dann dieses: Es fühlt sich betrogen, alleingelassen, ist desillusioniert und vertraut aus Prinzip niemandem mehr. Die Machthaber hier haben ein Motivationsproblem. Auch Spin-Doktoren aus Ost und West würden sich an ihm die Zähne ausbeißen. Je länger der Krieg dauert, desto mehr entziehen sich die Menschen den Inszenierungen der Macht. Die Straßen von Donezk sind leer, schon Stunden vor Beginn der Ausgangssperre. Die meisten wollen nirgendwo dazugehören. Sie wollen ihre Ruhe haben. Sie bleiben den Massenveranstaltungen fern. Außer sie werden zur Teilnahme gezwungen, mit Bussen herangekarrt, wie an jenem kalten Apriltag nach Torez.

Die Medien müssen sich im Kriegsfall dem Staat
unterordnen. Es geht nicht, dass die Regierung
mit Schmutz beworfen wird. In so einer angespannten
Situation kann es keine privaten Medien geben.
Journalisten sind Kämpfer an der Informationsfront.

Oleg Antipow, 52, Vizechefredakteur der *Donezker Zeit*

IWERSKIJ-KLOSTER

Donezk

Die Toten haben keine Ruhe. Sie liegen in der Schusslinie. Kaum einer der Grabsteine auf dem Friedhof beim Iwerskij-Kloster ist noch ganz. Es sieht aus, als hätten ein Erdbeben und ein Orkan gleichzeitig über dem Gräberfeld gewütet. Die Steine sind zerborsten und zernarbt, die Büsten der Honoratioren in Teile gerissen, Inschriften unkenntlich gemacht.

Der Friedhof wurde Ende der 1990er-Jahre gegründet und galt als prestigeträchtiger letzter Ruheort. So erzählt es der Wärter Wladimir Jurjewitsch, ein grauhaariger Mann Mitte 60 in Raulederjacke und Jogginghose. Er kommt dreimal die Woche her, um zu sehen, was ganz ist und was nicht mehr. Die Ruhestätte lag am ruhigen Rand der Stadt, wo die Häuser niedrig sind und die Gärten größer werden. Nebenan lebten die Nonnen des orthodoxen Frauenklosters. Im grünen Feld konnte die Seele so leicht aufsteigen wie die Flugzeuge vom nahen Airport.

Dieser Friedhof ist kein Ort der Andacht mehr, sondern der Angst. Wer herkommt, fürchtet die freie Fläche, die keinen Schutz bietet. Selten wird dieser Tage jemand bestattet. Zuletzt war es Nina Schurawljowa, gestorben am 2. September 2017, die Fotografie zeigt eine Frau mit rosigem Antlitz und voluminöser Frisur. Ihr Grab ist mit roten Plastiktulpen bedeckt, und noch ist es ganz. Wer um alles in der Welt will hier beerdigt werden, wo Raketen Trichter in die Erde graben? Wo es tagsüber bedrohlich herhallt von den nahen Stellungen in der Flughafenruine und in Pisky? Wo im Dunkel der Nacht der Höllendonner über dem Gräberfeld anbricht? Doch Ninas Mann wartete schon auf seine Frau.

Wladimir Jurjewitsch rät Besuchern, auf den asphaltierten Wegen zu bleiben. Minen, Sprengfallen und nicht explodierte Geschosse lagern auf dem Gelände. Am nächsten Tag wird der Wärter die schwarze Jogginghose gegen einen Anzug austauschen und wieder einmal einen Menschen zu Grabe tragen. Einen Veteranen des Großen Vaterländischen Krieges, zweiundneunzigeinhalb Jahre alt ist er geworden, der Tod kam plötzlich. Die Familientradition ist unter allen Umständen einzuhalten, befindet der Sohn. Er ist gekommen, um das Grab zu begutachten und die Einzelheiten für die Bestattung zu besprechen. Schon vor Jahren hat er hier acht Grabstellen gekauft, drei sind belegt, die Mutter und zwei Geschwister. Irgendwann wird er selbst nachfolgen. Das ist der beste Friedhof von Donezk, selbst wenn er ein Trümmerfeld ist.

HIP-HOP

Donezk

Die Burschen steigen hinab in den Keller, als es draußen noch hell ist. Um 17 Uhr beginnt das Konzert der Hip-Hopper im Kinoklub. Limo, Bier und Baggyhosen. Jeder bekommt eine Chance. Sie ist einen Track lang, maximal zwei. Kommt näher zur Bühne, ruft der Host. Hände in die Höhe, schreit einer im Publikum. Sie singen mit, sie grölen mit. Die Rhymes sind härter geworden, früher waren sie lyrischer, sagt Dima Dendy, ein schlanker Typ mit Dreitagebart. Tagsüber ist er beim Katastrophenschutz Retter, abends Rapper.

> *Ich texte unter dem Lärm*
> *Der Gewehre und Grad-Raketen*
> *Eine Republik – eine Liebe*
> *Doch die Kanonade stört*
> *Einschuss – Explosion*
> *Eine Mauer bricht zusammen*
> *Das ist keine ATO, Bruder*
> *Das ist Krieg*

Als Hip-Hop-Hochburg war Donezk in der Ukraine und in Russland berühmt. Früher traten die hiesigen Rapper auch gegen andere ukrainische Crews an, gegen Charkiw und Lwiw, aber das ist jetzt Geschichte. Die Erfolgreichen nehmen in Russland ihre Tracks auf. Golos Donbassa etwa oder die Burschen mit den Baseballkappen von Clan 062, die sich heute unter die Gäste im Keller gemischt haben, sie gehören zu den Aufsteigern. 062 ist die Telefonvorwahl von Donezk. Auf dem schwarzen Kohleboden der Stadt und in ihren Fabriksruinen gedeiht der Hip-Hop gut. Doch wer möchte hier bleiben?

Diese Stadt ist tot, vollkommen tot, sagt der kleine Jarik mit den dunklen Sonnenbrillen. Er lässt sich einen DNR-Pass ausstellen, und dann ab damit über die Ostgrenze. In Tatarstan wartet sein Mädchen. Nichts hält ihn mehr hier. Gleich erklimmt er die Bühne mit dem tätowierten Wowa. Sie rufen ins Mikrofon: »Ich sterbe nicht, ich atme weiter, ich träume weiter.« Träumen in Donezk, ha! Jarik hatte sich den Oplot-Kriegern angeschlossen. Hat gekämpft in Oleniwka, acht Monate lang. Besser im Schützengraben als zu Hause sitzen, sagt er. Als Zivilist weiß man nicht, was als Nächstes passiert. An der Front hat man den Überblick. Doch jetzt hat Jarik genug vom Krieg und will nicht darauf warten, bis der große Bruder den Donbass endlich in die Arme nimmt. *Dawaj*, Dima Dendy, noch einen Track.

Das ist Donezk, Bruder
Die Stimme der düsteren Straßen
Der Platz reicht für alle
Die keinen Ärger machen
Hier hat Onkel Sascha das Sagen
Die Ukraine ist Europa
Dann soll sie es doch wagen

BLOCK PARTY

Donezk

Seit dem Krieg ist die Privatparty wieder modern geworden. Die Nachbarn haben sich auf den Eingangsstufen des Wohnblocks versammelt und Bier, Wodka, Cognac, Cola und Kekse auf einem Holzbänkchen ausgelegt. Ein nächtliches Picknick, eine improvisierte Feier mit Plastikbechern. Sowieso ist es bald 23 Uhr, und dann beginnt die Ausgangssperre, die die Lokalherrscher zelebrieren, als wäre sie ein Kult der autochthonen Bevölkerung des Donbass. Wenn sie dich nach elf noch auf der Straße erwischen, landest du in ihrem Verlies. Und das wäre so was von ungemütlich.

Eine typische Donezker Runde, ein Jude im schwarzen Jogginganzug mit seiner fröhlichen Frau aus dem Erdgeschoß, ein Tatar mit slawischem Namen aus einem höheren Stockwerk, eine Mittelalte in Stoffpatschen, die behauptet, Russin zu sein, und ihr Freund, ein schweigsamer Kerl. »Wenn er besoffen ist«, sagt sie, »redet er nicht viel.« »Ich bin Grieche«, sagt er schließlich. »Was bist du?«, stichelt die Stoffpatschenfrau, »deine Mutter ist Ukrainerin und dein Vater Grieche, allerhöchstens bist du ein Türke!« Der slawische Tatar führt seinen Hund vor. Ein Kampfhundbaby, das wie verrückt herumspringt und uns mit Dreck bepfotet. Klarer Fall von zu wenig Auslauf.

Sie reden über ihren Verdienst (zu wenig), über die Faxen, die der Hund so macht, wo man die besten Torten von Donezk bekommt (irgendwo auf der Artjoma, leider vergessen) und wo sie einmal auf Urlaub waren (Thailand, Türkei).

Auf der anderen Straßenseite lässt sich die neue Donezker Elite in schwarzen Limousinen vor einen Hotelnachtclub chauffieren. Nein, für sie gilt keine Ausgangssperre. Sie zahlen an der Rezeption für ein Zimmer und machen Party, so lang sie wollen.

»Solche Fotzen«, sagt der Jude.

»Ich habe diese Leute nicht gerufen, damit sie mich retten«, eifert sich der Tatar. »Ich will in der Ukraine leben, nicht in irgendeiner De-En-Er. Verdammte Scheiße, ich will in einem normalen Land leben!«

»Das kann ich verstehen«, sage ich matt und fixiere meinen Plastikbecher.

»*Zaberi menja*«, flüstert er mir verschwörerisch zu. Nimm mich mit.

»Hast du keinen neuen Pass? Du kannst doch jetzt ohne Schengenvisum in den Westen reisen.«

»Ich meine so richtig«, sagt er. »Für länger. Immigration.«

»Sollen wir heiraten oder was«, antworte ich mit halb gespieltem Entsetzen.

»Komm, schenk was ein.«

Der Cognac tröpfelt in die Becher, dazu gibt es Cola, das erleichtert die Sache. Die selbst erklärte Russin zwängt sich in die Kinderschaukel ein paar Schritte weiter. »Schaut, wie hoch ich fliegen kann«, schreit sie schwingend in die Nacht. Ihr Grieche starrt sie ungläubig an.

Drüben muss einer die Eingangstür offen gelassen haben. Die Bässe wummern laut aus dem Club und zum Picknick herüber. Der Erdgeschoßbewohner unterbricht sein Gespräch. Seine Füße suchen Halt auf dem Erdboden, er streckt sein Kreuz durch und legt die Hände in die Hüften. »Was glaubt ihr Idioten eigentlich, wer ihr seid«, brüllt er hinüber. Verdammt, leer Cognac nach! Auch diese Nacht geht einmal vorüber.

MAKIIWKA

Mit kohlschwarzen Gesichtern erscheinen die Mitglieder der Experten-
kommission wieder an der Erdoberfläche. Es ist ein wolkenverhangener Tag, und
die Szenerie aus Förderbändern, Güterwaggons und Abraumhalden wirkt desolat.
Doch die Männer mit Helm und Kopflampe haben eine frohe Botschaft für die Um-
stehenden: Im traditionsreichen Kirow-Schacht von Makiiwka wird ab sofort
wieder Kohle abgebaut! Ein Mitglied spult die Fakten herunter: Es handle sich um
einen Flöz in 520 Meter Tiefe, 295 Meter lang, vorrätig seien dort 225.000 Tonnen
Kohle, und deren Qualität sei »ausgezeichnet«. »Die Lagerstätte ist zum Abbau frei-
gegeben«, sagt er feierlich.

Die Wirtschaft der Region, die auf Bergbau und Metallurgie gründet, liegt
wegen des Krieges danieder. Viele Großbetriebe sind beschädigt und stehen still –
so wie der Kirow-Schacht seit einiger Zeit. Nun scheint die Zukunft der 1.356 Berg-
leute gerettet. Dass der Schacht aber Gewinn abwirft, erwartet niemand. »Wir
bemühen uns, auf eine Null zu kommen«, sagt der Direktor des örtlichen Bergbau-
betriebs Makeewugol, Taras Sidorenko, in die Mikrofone. Makiiwka liegt in dem
Gebiet, das von den prorussischen Separatisten kontrolliert wird. Offiziell heißt es,
dass die hiesige Kohle zum Betrieb des lokalen Heizkraftwerks verwendet wird.

Dass in den Bergwerken weitergegraben wird, obwohl sie nicht rentabel
sind, hat noch andere Gründe. Die aus der Sowjetära stammenden Zechen sind
Teil der Identität des Donbass. Die Separatisten haben sich als Fürsprecher der
kleinen Leute geriert und die Sowjetnostalgie zur Staatsräson erhoben. Bergwerk-
schließungen passen da nicht ins Bild. Schon jetzt stehen viele Kumpel auf der
Straße. Traten sie zu Beginn des Konflikts massenweise in die Reihen der Bewaffneten ein, werden sie nun nicht mehr gebraucht. Sie sind eine soziale Last, ein
Risiko. Doch darüber hört man hier nichts. »Unsere Donezker Volksrepublik soll
wertvolle Kohle in würdiger Qualität bekommen«, sagt Sidorenko. Am Abend
wird die Erfolgsgeschichte in allen Lokalmedien laufen.

Nach dem Abblenden der Kameras stellt der Pressebeauftragte von
Makiiwka eine rhetorische Frage: Man könne doch wohl davon ausgehen, dass die
Berichterstatterin aus dem Westen eine loyale Journalistin sei. Die Antwort fällt
nicht zufriedenstellend aus. »Verstehe.« Der junge Mann reagiert indigniert. »Aber
schließlich hat man Sie doch hereingelassen!«

SAIZEWE

Am 14. Oktober 2013 feierte Saizewe sein 348-jähriges Bestehen. Saporoscher Kosaken gründeten das Dorf 1665 im Norden von Horliwka. Tropfen fielen vom Himmel, die Menschen standen unter Regenschirmen vor dem Gemeindeamt. Als Kosaken verkleidete Männer schlitzten mit dem Säbel Wasserflaschen durch, Kinder sangen Volkslieder, und ein Geschäftsmann versprach die Eröffnung einer Apotheke für die Bevölkerung. Ein Gast aus Horliwka lobte den Ortschef, Wladimir Wesjolkin, für sein Engagement. Wesjolkin hatte einen Traktor und Lastwagen angeschafft, damit die Bewohner das Dorf besser instand halten konnten. Es war das letzte Mal, dass das ganz Saizewe sein Jubiläum feierte.

Saizewe ist heute in zwei Teile geteilt. Dem größeren Teil ist das Gemeindeamt geblieben, eine Bibliothek, der Dorfclub, ein Geschäft und eine zerstörte Schule. In der Bibliothek, die mehrmals die Woche geöffnet hat, lagern 35.000 Bücher. Liebesgeschichten und Krimis sind gefragt. Neue Bücher bekommen die Bibliothekarinnen keine mehr. Auf einem Tisch liegen Gartenzeitschriften zur Ansicht, sie sind mehrere Jahre alt. Dem kleineren Ortsteil Schowanka sind Teiche geblieben, ein zerschossenes Hotel und geduckte Häuschen. 1.700 Einwohner zählt man in dem einen Saizewe. Im anderen sind es 150.

Wladimir Wesjolkin war vor dem Krieg Unternehmer in Horliwka und seit 2013 Bürgermeister. Er besaß eine Bäckerei, mehrere Geschäfte und eine Baufirma. Er lebte nicht im Dorf, war aber drauf und dran, ein Wochenendhaus in Saizewe zu errichten. »Für mich war klar, dass ich nur in der Ukraine leben will«, sagt er, wenn man ihn zu den Ereignissen des Jahres 2014 fragt. Gemeinsam mit seiner Familie verließ er die Region noch vor dem Referendum der Separatisten im Mai. Seinen Besitz musste er zurücklassen. Die Bäckerei und seine Wohnung rissen sich die Separatisten unter den Nagel. Wesjolkin schloss sich dem Freiwilligenbataillon Artemiwsk an und kehrte als Kämpfer in seine Heimat zurück. »Wenn jemand dein Haus besetzt, muss ein Mann zur Waffe greifen«, sagt er.

Der Krieg kam nach Saizewe und setzte sich fest. Die Front verläuft mitten durchs Dorf, vorbei an zwei Friedhöfen.

In Saizewe wurde Irina Dikun im November 2016 zur neuen Dorfchefin ernannt. Früher arbeitete die blonde Frau als Buchhalterin in einem Gemeindeunternehmen. Wenn die Mutter zweier Kinder daran denkt, was der Krieg den Kindern nimmt, kommen ihr die Tränen. Ihr Ehemann hat sie verlassen, als sie aktiv wurde. Dafür wachen über ihrem Schreibtisch im Gemeindeamt nun zwei Männer über sie, zu ihrer Linken Wladimir Putin, zu ihrer Rechten der Republiksanführer, Alexander Sachartschenko. Den ganzen Tag lang räumt sie die Kriegsfolgen auf: Sie lässt Wasserleitungen instand setzen, schickt Reparaturtrupps zu beschossenen Häusern und verschickt Kinder auf Ferienlager.

Wladimir Wesjolkin wurde einen Monat später Chef der zivil-militärischen Verwaltung des anderen Saizewe. Auch er hilft verbliebenen Bewohnern und fotografiert für seine Facebook-Seite die Häuser, die einen Treffer abbekommen haben. Ständig hängt er am Telefon, deckt Korruption am nahen Checkpoint Majorsk auf und organisiert Hilfslieferungen. Von seinem früheren Arbeitsplatz trennen ihn ein paar Hundert Meter und verminte Felder. Wesjolkin habe sein Dorf im Stich gelassen, sagt Dikun. Im Saizewe der Separatisten gilt er als Extremist, der mit dem Panzer kam und sein Dorf beschoss. Ja, er hat das Gemeindeamt beschossen, Wesjolkin bestreitet das gar nicht. »Es diente als Kaserne, als Stab«, sagt er. Kämpfer hatten sich dort eingenistet. »Es war die richtige Entscheidung.«

Wladimir Wesjolkin und Irina Dikun kennen einander von früher, als Saizewe noch ein Ort war. Sie sprechen nicht miteinander. In zwei Dingen sind sie sich einig: Das Dorf leidet, weil es geteilt ist. Und sicher, sagen beide, wird es wieder einmal eins werden.

LUHANSKE

Auf halber Höhe zwischen Bachmut und Debalzewe liegt die Siedlung Luhanske. Trampelpfade, Lacken, geduckte Häuser. Wir erreichen sie über die Brücke des Luhan, der zu einem See mit dichtem Schilfgürtel aufgestaut ist. An der Ortseinfahrt weht das schwarz-rote Banner des Rechten Sektors wie eine Piratenflagge. Die Militärs haben das Zentrum in Beschlag genommen. Eine silberne Frauenfigur trauert um die Toten der Kriege. Das Café Transit ist geschlossen. Im Laden daneben kippt ein Mann wortlos ein Glas Wodka. Die Auswahl an alkoholischen Getränken ist wie überall an der Front reichhaltig. In der Kirche bittet Vater Nikolaj Gott um baldigen Frieden. Zwei Dutzend Frauen hören ihm zu. Nicht weit hinter Luhanske beginnt die andere Seite.

Wir finden Swetlana Kisimenko in ihrem Kabinett. Die 31-Jährige arbeitet als Krankenschwester im örtlichen Ambulatorium. Obwohl die Bevölkerung von 3.500 auf 2.000 geschrumpft ist, ist Kisimenkos Wartezimmer immer voll. Das Ambulatorium ist in ein einstöckiges Ziegelgebäude gezogen. Das frühere Krankenhaus steht zerstört daneben. Die Lokalzeitung *Donbass Inform* beschreibt Swetlana Kisimenko als »zarte und gleichzeitig unglaublich starke Frau, die den Ortsbewohnern hilft«.

»Kommen Sie mit«, sagt sie aufmunternd. »Ich zeige Ihnen, wie wir hier arbeiten.« Sie hält sich nicht gern mit langen Reden auf. Wenn ein Problem auftaucht, dann löst sie es. So sie kann. Von dem dunklen Gang führen linker- und rechterhand Zimmer weg. Kinderarztkabinett, gynäkologischer Untersuchungsraum, ein Zimmer, in dem Infusionen verabreicht werden.

Die Heizkörper fehlen. Soldaten haben sie mitgenommen. Die Ärzte heizen mit Elektrogeräten. Die Armaturen an den Handwaschbecken fehlen. Soldaten haben sie mitgenommen. Die Wasserleitung ist kaputt. Die Ärzte erhalten Wasser in Bottichen geliefert. In den Fensterrahmen klebt Plastikfolie. Die Soldaten, die hier vor zwei Jahren einquartiert waren, machten sich einen Spaß daraus, die Scheiben zu zerschießen. Seit zwei Jahren wartet sie auf die Reparatur. »Ich hoffe nicht mehr auf den Staat«, sagt Swetlana Kisimenko. Niemand hofft mehr auf den Staat.

Donbass Inform berichtet: »Ungeachtet der nicht gerade einfachen Bedingungen, die sich in der frontnahen Region ergeben haben, beschwert sie sich niemals über die Schwierigkeiten, sondern folgt ihrer Berufung und dem Ruf des Herzens.«

DEBALZEWE

Das ist ein Krieg gegen das eigene Volk. Er verstößt gegen die Charta der Vereinten Nationen. Es kann nicht sein, dass er schon das vierte Jahr dauert. Der Große Vaterländische Krieg dauerte fünf Jahre! Man muss ihn beenden. Die Herrscher dieser Welt müssen sich zusammensetzen und verhandeln.

Wladimir Alexandrowitsch, 65, Pensionist

BABULJA

Debalzewe

Lohwinowe war ein Dorf im freien Feld. Genau genommen bestand es aus einer Straße, an der die alten Babuljas lebten. Da war eine Oma mit Krücken, eine im Rollstuhl, eine Verkrüppelte und sie, Klawdia Ischenko, deren krumme Beine sich nur noch dank einer Gehhilfe vorwärtsschieben lassen. Und ihr Mann. »Er ist blind, taub und hat einen Buckel«, sagt sie über ihn. Klawdia trägt ein gelbes Kopftuch über dem grauen Haar, zwischen ihren Lippen leuchten Goldzähne. Die Babulja mag altersschwach wirken, aber wenn man sie lachen gehört hat, weiß man, dass sie es ganz und gar nicht ist. Sie lacht listig und einigermaßen laut.

Wäre der Krieg nicht nach Lohwinowe gekommen, würden Klawdia und ihr Ehemann noch immer dort leben, wo sie mehr als 40 Jahre ihres Lebens verbracht haben, in ihrem Haus mit vier Zimmern und Garten dahinter, mit ihren fünf Hennen und dem Hahn, und irgendwann würden sie dort sterben, einer nach dem anderen. »Die meisten waren schon tot, die Jungen längst weggegangen, es lebten nur ein paar Leute dort«, sagt sie, die im Jänner 1938 geboren wurde. »Es gibt ja fast niemanden, den man dort umbringen kann.« Dem Krieg war das egal. Er sucht sich seine Opfer nicht nach logischen Argumenten aus. Er ist unberechenbar und wahllos. Manche trifft er, andere nicht. Manche Dörfer verschont er. Andere sucht er heim.

Am Rande der Stadt Debalzewe, nur eine kurze Autofahrt von ihrem früheren Haus entfernt. Wenn Klawdia Ischenko aus dem Fenster schaut, fällt ihr Blick auf einen betonierten Spielplatz und Plattenbauten. Auf der Anrichte stehen mehrere Schalen gefüllt mit Grießbrei, Klawdia und ihr Mann werden damit die nächsten Tage auskommen. Im Nebenzimmer dreht der Opa das Radio lauter, Nachrichten aus der Donezker Volksrepublik. Ein Kätzchen spaziert in die Küche und reibt sich an ihren Unterschenkeln. Es ist von hier, nicht von dort.

Als sie am vorletzten Tag des Jahres 2016 in das mit gelben Aluplatten frisch renovierte Wohnhaus einzog, haben Journalisten sie fotografiert und Beiträge über die Erfolgsgeschichte geschrieben: eine Vertriebene, die eine neue Heimat gefunden hat, samt Toilette, fließend Wasser und Waschmaschine. Für die Wohnung muss sie nichts bezahlen. Möbel und Teppiche hat das alte Ehepaar geschenkt bekommen. Die Gehhilfe haben Klawdia die Ärzte ohne Grenzen überlassen. Im Vorraum stehen Lebensmittelpakete vom Roten Kreuz. Ihre Pension erhält sie in Rubel ausgezahlt.

Was ist das hier eigentlich? Die Ukraine, Russland, die DNR? Das weiß Klawdia Ischenko nicht so genau. Ihr Leben lang hat sie in der Ukraine verbracht, sie spricht Ukrainisch, das war die Sprache des Dorfes. Hier in Debalzewe sprechen die meisten Menschen Russisch. Sie reden von der Donezker Volksrepublik. Klawdia Ischenko weiß nicht genau, was das bedeutet. Ist es ein Staat? Eine Stadt? Ein Zustand?

Sie, ein Kind des Krieges, hat einen zweiten Krieg erleben müssen und ist über Nacht unter anderen Machthabern aufgewacht.

Es ist der Februar 2015. Die Separatisten wollen die in Debalzewe stationierte ukrainische Armee einkesseln. Sie arbeiten sich vorwärts, Stellung um Stellung, Dorf um Dorf. Die Geschosse fallen auch auf Lohwinowe. Die Ukrainer stehen mit einem Panzer in Klawdia Ischenkos Hof. Sie feuern aus ihren Kanonen und helfen später, die Fenster und den Rauchfang zu reparieren.

»Ihr geht in den sicheren Tod«, sagt die Babulja zu den jungen Burschen.

»Das hängt nicht von uns ab«, antworten diese schulterzuckend.

Die Gefechte werden schlimmer. Klawdia und ihr Mann zittern im Keller. Im Dunkel einer Nacht ziehen die Ukrainer mit lautem Getöse mit ihrem Kriegsgerät ab. Am nächsten Morgen klopft es an der Tür. »Aufmachen«, dröhnt es von draußen. Vor ihr stehen Männer in Uniform.

»Wir sind eure Befreier«, sagen sie.

Klawdia Ischenko weiß nicht, wer sie sind, aber sie ist glücklich. »Ist der Krieg schon vorbei?«, fragt sie.

»Was macht ihr überhaupt hier?«, fragen die Männer. »Warum seid ihr nicht weggefahren?«

»Wo sollen wir hin?«, antwortet die alte Frau. »Als ob es jemand geben würde, der auf uns gewartet hat.«

Die Männer, Anhänger der Separatisten, haben das Dorf eingenommen. Sie sind auf der Suche nach dem Feind.

»Wo sind die Ukropy?«, fragen sie.

Ukrop bedeutet wörtlich Dill. Es ist auch ein herablassender Begriff für Ukrainer.

»Ich habe keinen Dill im Garten, nur Petersilie«, erklärt die alte Frau verwundert.

»Du dumme, ahnungslose Babuschka!«, lachen die Männer. »Von welchem Planeten bist du denn? Wir suchen Ukrainer!«

»Hier gibt's keine Ukrainer«, entgegnet die Babulja. »Seht euch ruhig um.«

Heute steht in Lohwinowe nichts mehr. Das Dorf ist ein Trümmerfeld. »Vollständig zerstört und verlassen«, erklärten Beobachter der OSZE, als sie die Gemeinde im März 2015 besichtigten. Aus ihrem Haus hat Klawdia Ischenko mitgenommen: den Pass, die Pensionskarte, Winterstiefel, eine neue Jacke. »Mehr war nicht übrig.«

Wenn man Klawdia Ischenko einmal lachen gehört hat, dann weiß man: Alt ist die Babulja, altersschwach ist sie nicht. Sie liest Bücher, Weissagungen, in denen von geopolitischen Ereignissen die Rede ist, von Russland, China und den Kriegen.

»Russland und Belarus werden sich vereinigen. Aber die Ukraine wird sich noch lang sträuben«, sagt sie. »Was mit ihr passieren wird, ist unklar, aber sie wird sich noch lang sträuben.«

SOLOTE

• »Wo wollen Sie hin? Solote-4? Haben Sie die Erlaubnis eingeholt? Nein, nicht die normale. Sie müssen beim Presseverantwortlichen des Sektors A anfragen. Die Siedlung liegt in der Grauen Zone. Da kann man nicht so einfach hinfahren. Merken Sie sich das. Warten Sie.«

Der Soldat geht weg. Er telefoniert. Fünf Minuten später kommt er wieder. »Was wollen Sie dort, sagten Sie? Gespräche mit Freiwilligen und Bewohnern? Na von mir aus. Aber merken Sie sich: Nächstes Mal müssen Sie das mit dem Zuständigen vorher klären. Sie haben zwei Stunden. Auf Wiedersehen.«

Zu beiden Seiten der Straße warnen rote Schilder vor ausgelegten Minen. Der Fahrer biegt scharf nach links. Geradeaus steht eine Panzersperre im Weg, die Straße würde direkt ins Separatistengebiet führen. Auf einem löchrigen Feldweg geht es an zusammengebrochenen Gebäuden vorbei in das Zentrum von Solote-4. Eine Schule, ein Laden, ein Dorfclub. Davor eine Gruppe von rund 30 Frauen.

Solote-4 ist einer jener Orte, über den der Krieg seit knapp vier Jahren wieder und wieder brutal herfällt und der ihm fast alles genommen hat, seine Routine, seine Unversehrtheit, seine sozialen Beziehungen. Es ist ein Bergarbeiterstädtchen am Rand des ukrainisch kontrollierten Gebiets im Oblast Luhansk. Früher gab es hier mehrere Bergwerke: Rodina, Karbonit, Solote. Heute werfen sie fast nichts mehr ab. Die Lage in Solote, das aus fünf durchnummerierten Ortsteilen besteht, war schon vor dem Krieg alles andere als rosig. Doch jetzt finden sich die Bewohner in der Grauzone des Krieges wieder.

Die meisten der Frauen sind über 50 Jahre alt, ein Alter, in dem die Wehwehchen zunehmen und die Männer sich verdrücken, in die Trunkenheit oder ins Grab. Es ist ein Alter, in dem man keinen neuen Job mehr findet und zu jung ist für die Pension. Sie haben ihre Wintermäntel übergeworfen und sich Wollhauben in Pastellfarben über den Kopf gezogen, Fuchsia, Rosa, Zartviolett. Sie machen sich zurecht. Sie sind noch nicht bereit, ans Aufgeben zu denken.

Manche schreien, manche keppeln, die einen erzählen gefasst, die anderen aufgeregt. Der Inhalt ihres Lamentos ähnelt sich. Sie klagen über die Einschränkungen durch den Checkpoint, der sie nicht kommen und gehen lässt, wann sie es möchten, der keine Rücksicht nimmt auf Arbeitszeiten oder familiäre Notfälle. Dann über die Arbeitslosigkeit, die der Krieg auf die Spitze getrieben hat, weil die Frontlinie die Frauen von den Betrieben auf der anderen Seite in der nahen Stadt Perwomajsk abgeschnitten hat und sie für eine Überquerung der Front einen stundenlangen Umweg in Kauf nehmen müssten, der weder finanziell noch zeitlich leistbar ist. Die 54-jährige Ljudmila Karlowna, eine zarte Dame mit bohrendem Blick, hat so ihre Arbeit als Kontrollorin in einem Perwomajsker Werk verloren. Ihr Sohn sei drüben, sie da, man telefoniere und sorge sich, erzählt sie. Dann sprechen sie über die Armut, die wegen der Abgeschlossenheit Solotes zugenommen habe. Es bedeutet, dass manche nicht einmal genug Geld für Kohle zum Heizen ihrer Häuser im Winter haben. »Wir bauen Kartoffeln an, irgendetwas können wir schon essen. Aber viele haben nichts zum Heizen«, sagt Inna Fursenko, 24, Binnenflüchtling aus Perwomajsk, die für karitative Organisationen immer wieder Verteilaktionen organisiert. Früher unterstützte der lokale Schacht die Bergarbeiterfamilien mit Kohle im Winter. Seit dem Krieg sind diese Lieferungen eingestellt worden. Im Vorjahr stellten Helfer Kohle und Holz zur Verfügung. Vergangenen Winter warteten die 800 Einwohner vergeblich. Und, viertens, immer wieder der Beschuss. Die Lage hier kann so schnell umschlagen wie das Wetter im Gebirge. In der Früh husche man so schnell wie möglich zum Markt, um Lebensmittel einzukaufen, den Rest des Tages verbringe man abwartend zu Hause. »Unser Leben ist angehalten«, sagt eine. »In Lisitschansk und in Stachanow machen sie ganz normal weiter, sie kennen den Krieg nur vom Hörensagen«, sagt eine hochgewachsene Frau über die Bewohner der Städte in der Umgebung. »Wir aber leiden hier. Wir gehören zur ›einigen Ukraine‹, aber offenbar sind wir so einig, dass man auf uns vergessen hat.« Liubow Gregoriewna, eine 60-Jährige mit rosa Mütze, sagt: »Wir sind des Kriegs müde.«

Ohne Begründung ist die Front hier zu stehen gekommen und hat Solote eine neue Geografie verordnet. Solote 1 bis 4 sind unter Regierungskontrolle, Solote-5 liegt jenseits der Bahnlinie und damit auf der anderen Seite. Solang die Soldaten und Kämpfer in den Ortsteilen sind, werden sie Solote nicht ruhig schlafen lassen. »Man kann doch nicht eine Straße in zwei Teile teilen. Warum sollten die dort drüben Separatisten sein?«, ereifert sich Rita Borissowna, eine ehemalige Schachtarbeiterin. »Das sind doch unsere Schwestern, Brüder, Mütter, Freunde.« Den Kriegsparteien attestieren die Frauen eine Schreckensparität. »50 zu 50«, sagte eine. »Putin schießt und Poroschenko antwortet. Das ist alles«, schreit eine Grauhaarige mit hellblauer Puschelhaube und sich überschlagender Stimme. »Und wir sind zwischen ihnen.« In der Nähe von Julia Jurjewnas Haus hat es vor ein paar Tagen eingeschlagen. Sie selbst lebt mit ihrem Mann und zwei kleinen Kindern in einem Haus ohne fließend Wasser. Mit einer Reparatur wagt sie nicht zu beginnen, solange der Krieg nicht aufhört.

Die Lage müsste nicht ganz so verfahren sein. Denn in Solote gibt es seit mehr als einem Jahr einen Übergang zum Separatistengebiet. Auf ukrainisch kontrollierter Seite ist alles da, um die Passage zu ermöglichen: Passhüttchen und Zollhüttchen, Zäune, die Fußgänger in geordnete Schlangen zwängen sollen, sogar eine Picknickstelle zum Verschnaufen. Aufgrund des Unwillens der Separatisten blieb der Übergang nach Perwomajsk bisher geschlossen. Würde er geöffnet, könnte Inna Fursenko ihre Verwandten öfter sehen. Die Dorfbewohner könnten mit der anderen Seite handeln. Ljudmila Borissowna würde ihren Sohn besuchen und womöglich wieder Arbeit finden. »Straße des Lebens« würde sie den Korridor nennen.

◆ Aus dem Laden tritt Kate. 23 Jahre. Dicke braune Haarsträhne im Gesicht. Die Augenbrauen in Form gezupft. Auf ihre Jacke hat sie einen Aufnäher mit einer Totenkopffigur geklebt, auf dem steht: »Im Paradies ist es zweifellos schön, aber in der Hölle habe ich mehr Freunde«. Kate trägt einen Rucksack voller Lebensmittel und hat ihre Kalaschnikow lässig geschultert. »Wie es ist als einzige Frau? Normal. Gleichberechtigt. Mittlerweile gleichberechtigt.« Kate spricht schnell und zackig. Sie gehört zur 10. Gebirgsjägerbrigade und ist seit Mitte 2017 in Solote-4. In einem Crashkurs hat sie das Schießen gelernt, dann war sie Sanitäterin, aber auch das liegt schon lang hinter hier. Nun dirigiert sie unbemannte Flugobjekte. Sobald es dunkel wird über Solote, steigen die Drohnen auf. Der Abschuss der gegnerischen Drohnen ist so entscheidend wie die sichere Navigation der eigenen.

Korrektirowschiki wie Kate helfen dabei, die Treffer der Geschütze zu optimieren. »So viele Drohnen sind hier, unsere und ihre und noch welche, von wem auch immer. In unserer Stellung darfst du nicht aufrecht gehen. Da schießen Sniper. Die stehen hundert Meter weiter. In Solote-5. Die Separatisten provozieren uns. Na ja, es ist 50 zu 50. Es stimmt nicht, dass nur die andere Seite provoziert, wir tun das auch. Es ist Krieg. Krieg um Geld, um Macht, um Territorium. Wir Soldaten kämpfen schon seit wie vielen Monaten, seit wie vielen Jahren …? Nieder mit der Ukraine, sagen die anderen. *Vse jebut, a ja zeluju* … Alle machen sie fertig, ich aber küsse sie. Ich küsse die ukrainische Muttererde. Ich gebe sie nicht her. So ist es.« Ihre Stellung liegt am Rand des Dorfes und im Geschäft versorgt sie sich mit Süßem und Zigaretten. »Hier geht das Geld weg wie nichts. Wir stehen nicht für Geld hier. Ein bisschen was geht an die Familie, dann noch Ausrüstung und Einkaufen. Nichts bleibt übrig.«

◆ Sie wohnen zu viert. Otez Wadim, der Helfer und Chorsänger Denis, seine Großmutter, die sich um den Haushalt kümmert, und ein Mann im Rollstuhl ohne Unterleib. Ein Arbeitsunfall. Sie leben in einem ebenerdigen Zubau neben der Kirche, mit Katzen und einem Hund. Die Kirche ist dem heiligen Nikolaus geweiht, ein schlanker, weißer Bau mit einer Goldkuppel. Sie ist Ende des 19. Jahrhunderts errichtet worden. Nach den gottlosen Jahren der Revolution, wie Chorsänger Denis sagt, hat man sie zur Zeit des Großen Vaterländischen Krieges wieder in Betrieb genommen. Die Kirche ist in all den Jahren heil geblieben. Ein Wunder, sagt der Sänger mit der sanften Stimme, natürlich. Seither halten sie hier Messen ab, in dieser Bergarbeitersiedlung, wo nur wenige übrig sind und noch weniger, die an etwas glauben. Wie ein Leuchtturm im Dunkel der Nacht steht sie da, strahlt unwirklich zwischen Ruß und Schlacke.

Denis und seine Großmutter leben seit 15 Jahren hier. Vor einem Jahr kam Otez Wadim aus dem Priesterseminar zu ihnen. Er trägt Jogginghosen und Plastikgaloschen, sein braunes Haar fällt in Locken, und auf seinem Knabengesicht wächst ein zarter Bart. Mit gefalteten Händen sitzt er auf einem Stuhl unter seinen Heiligen und schaut sie fragend an, als wäre er selbst gerade vom Himmel gefallen und an einem wildfremden Ort aufgewacht.

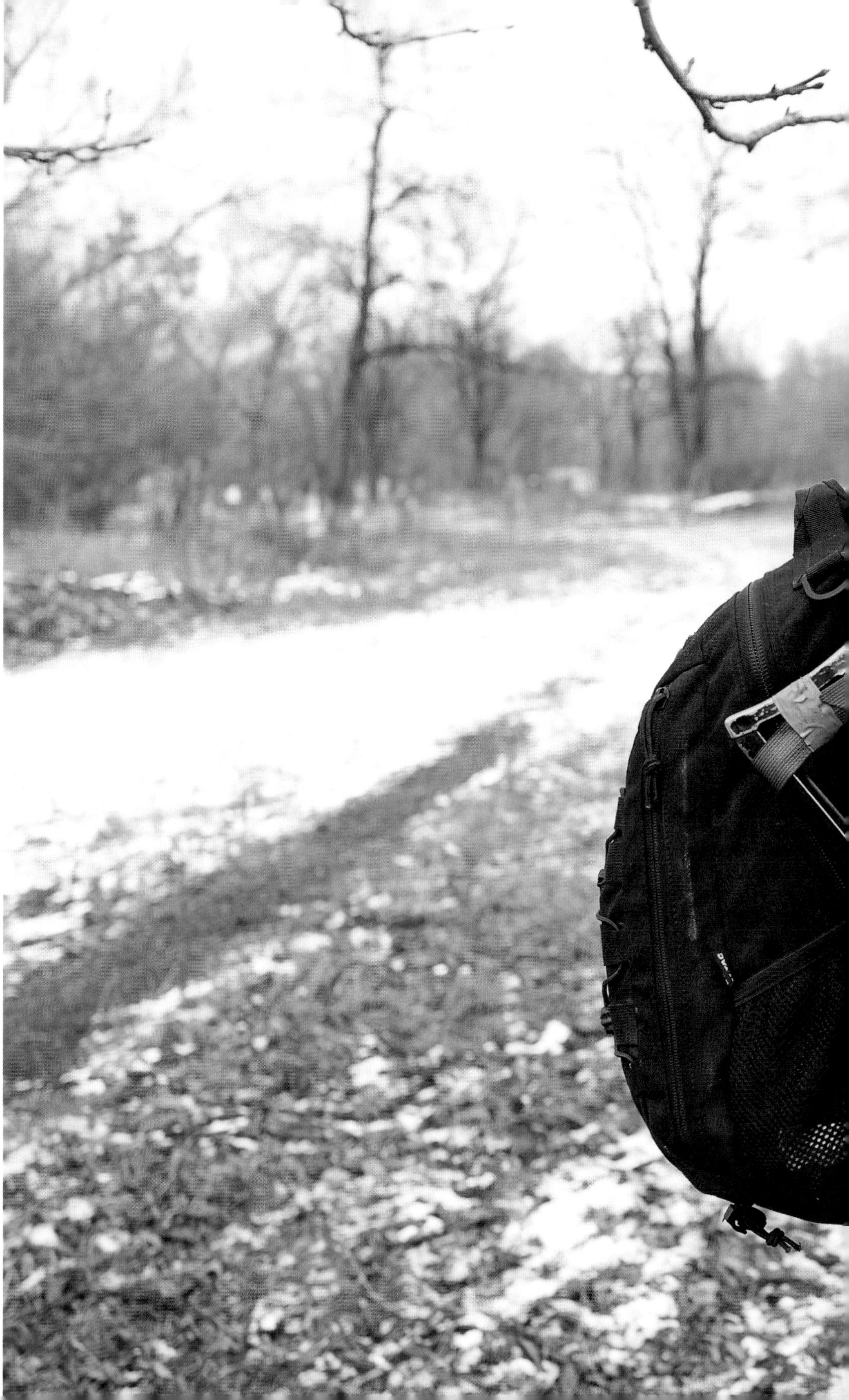

Kate, Solote, 08.12.2017

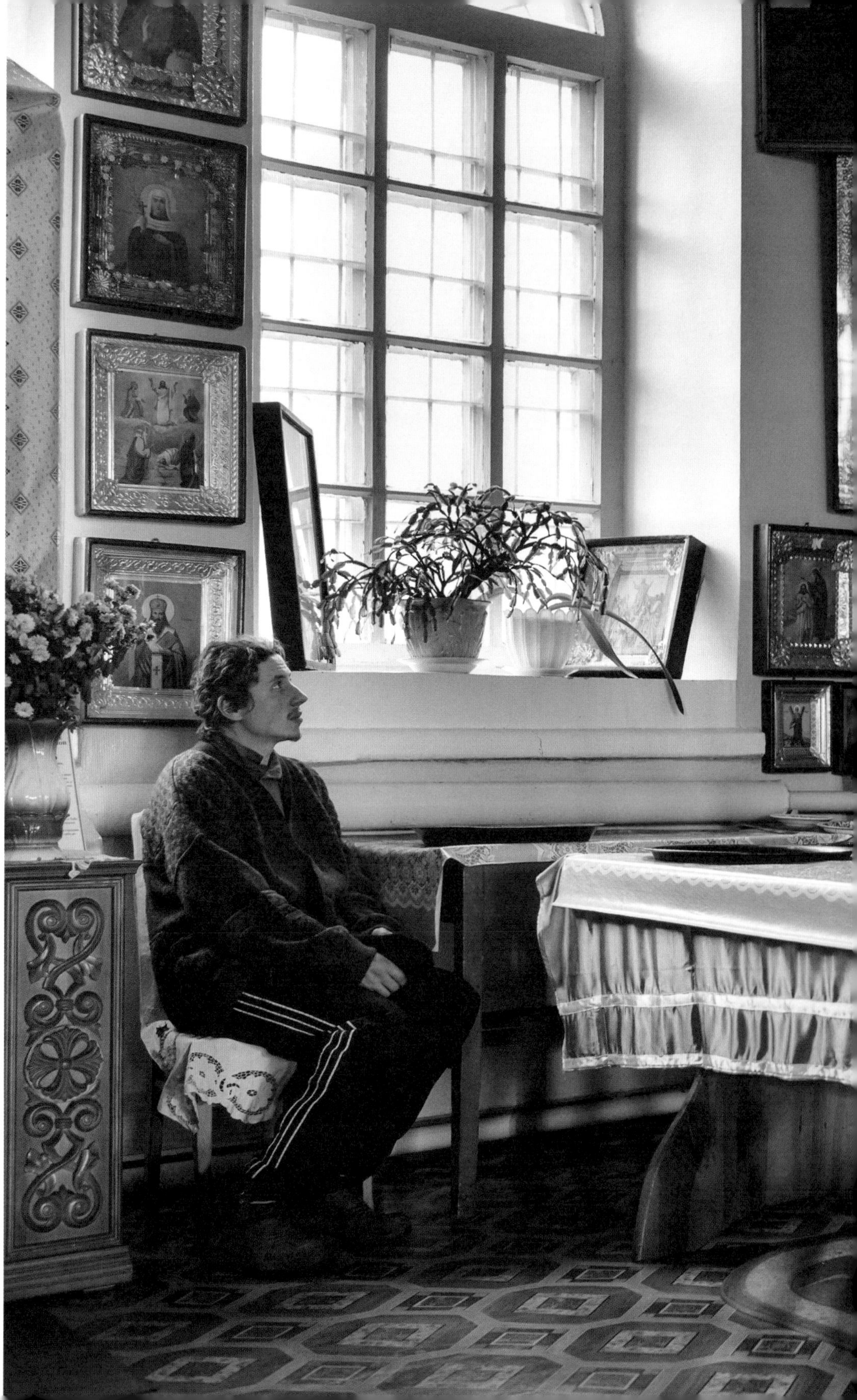

Otez Wadim, Solote, 08.12.2017

TRJOCHISBENKA

Die Schulglocke schrillt. Die Tür springt auf, und ein paar Kinder stürmen aus dem Klassenzimmer. Geschrei, so laut es eben geht. Getrampel auf dem Fliesenboden. Mädchen springen über den Gang. Kinderlachen. Nach fünf Minuten wird es wieder still.

Die Schule ist ein Musterbeispiel an architektonischer Einfallslosigkeit, ein fahles zweistöckiges Gebäude in der Form des Buchstaben L. Die nagelneuen Plastikfenster reflektieren wie Spiegelglas und geben keine Sicht nach innen frei. Seit September 2015 kann das Gebäude wieder genutzt werden. Ein Jahr lang waren die Schüler in einem Ambulatorium untergebracht. In der schlimmsten Zeit blieben sie zu Hause, und die Lehrer gaben die Aufgaben per Internet und Telefon durch. 400 Schüler haben in dem Gebäude Platz. Heute lernen hier 67 Kinder. In der ersten Klasse könnte man 25 aufnehmen. Es fanden sich aber nur sieben. Die elfte, letzte Klasse besteht aus einem Schüler. Ganze Gebäudeflügel stehen leer. Geheizt wird nur, wo es unbedingt nötig ist. Im Sportsaal ist es bitterkalt.

Von der Anhöhe, auf der die Schule gebaut ist, hat man einen guten Blick auf Trjochisbenka. In den Gärten der ebenerdigen Häuser stehen u-förmige Metallkonstruktionen, auf ihnen hängt verwitterte Plastikfolie. Es sind Glashäuser, in denen die Bewohner Gurken, Tomaten, Karotten, Kartoffeln und Auberginen ziehen. Das Gemüse aus Trjochisbenka wird in der Region hoch geschätzt. Es ist frisch, schmackhaft, ökologisch sauber und gentechnikfrei, wie die Bewohner stolz sagen. Dahinter liegen braunschwarze Felder, und dann fließt der Siwerskij Donez, ein Nebenfluss des Don, der dem Donezbecken seinen Namen gegeben hat. Sein verschlungener Lauf ist von Auwald gesäumt. Kein Dorf im Luhansker Gebiet hat eine so lange Frontlinie wie Trjochisbenka. Es sind 52 Kilometer, immer den Fluss entlang.

Galina Wasilewa schwankt zwischen Herzlichkeit und Resignation. Das Gesicht mit den großen braunen Augen wird von einem dunkelroten Haarschopf umrahmt. Auf ihren Lippen haftet passender auberginefarbener Lippenstift. Sie trägt eine sportliche graue Kapuzenjacke, ist 48 Jahre alt und Direktorin der Schule.

Haben Sie die Hoffnung, dass künftig mehr Kinder Ihre Schule besuchen werden?

Galina Wasilewa schüttelt den Kopf.
Mit jedem Tag wird die Hoffnung weniger.

Warum?

Weil zu viel Zeit vergangen ist. Die Leute, die weggegangen sind, haben sich bereits an die neuen Lebensumstände gewöhnt. Im vergangenenen Jahr ist niemand mehr zurückgekehrt. Hier gibt es keine Arbeit. Bis zum Krieg wurde Trjochisbenka mit Gas versorgt, doch nun ist die Gasleitung zerstört. Viele unserer Leute sind in das okkupierte Territorium über den Fluss gegangen. Deshalb, weil es dort Gas gibt. In Slawjanoserbsk gibt es Arbeitsplätze, dort ist ein komfortableres Leben möglich.

Wie organisieren Sie den Unterrichtsprozess für die rund 20 externen Schüler von der anderen Seite?

Der Zugang zum Bildungswesen soll gleich sein, egal, wo man lebt. Familien von der anderen Seite können ihre Kinder zum Schulbesuch per E-Mail anmelden. Wir nehmen dann Kontakt mit der Familie auf, sie schicken uns ihre Dokumente, wir schicken Aufgaben und Unterlagen. Die Kinder lernen selbstständig ein bestimmtes Pensum. Dann wird ein Termin festgelegt, die Kinder kommen her und legen eine Prüfung ab. Mit dem Schulabschluss der elften Klasse haben sie das Recht, in jedem Land der Welt eine Hochschulausbildung zu beginnen.

Wie kommen die Menschen von der anderen Seite her?

Seit es keine Boote mehr gibt, muss man über Staniza Luhanska anreisen. Die Familien haben keine klare Vorstellung, wo Trjochisbenka liegt. Von Staniza sind es 46 Kilometer hierher. Ich sage den Familien, dass es wegen des Umwegs wohl eher 206 sind. Die Fahrt ist sehr anstrengend. Aber die Leute machen das wegen der Zukunft ihrer Kinder.

Früher kamen die Menschen in Booten über den Fluss?

Die Brücke ist seit Mai 2015 geschlossen. Bis dahin haben die Menschen die teilzerstörte Brücke passiert. Dann wurde es verboten. Danach haben die Überfahrten mit den Booten begonnen, sie waren nicht legal, aber beide Seiten haben sie toleriert. Einmal da, einmal dort. Man musste mehrere Kilometer zu Fuß gehen, bis man zum Boot kam. Es bestand das Risiko, dass geschossen wird. Doch seit einiger Zeit sind auch die Boote verboten. Die andere Seite ist dagegen.

Welche Zukunft sehen Sie in Trjochisbenka?

Es gibt keine. Es werden immer weniger Menschen. Hauptsächlich sind es Pensionisten, und die sterben. Ich kann Ihnen über die Zukunft nichts sagen. Ich sehe keine Perspektive. Na ja, eine kleine Hoffnung gibt es, sollte das Schießen aufhören. Auf dem Gemeindegebiet gibt es ein schickes Tuberkolose-Ambulatorium. Es wurde kurz vor dem Krieg fertiggestellt. Da gäbe es viele Arbeitsplätze. Alles war vorbereitet. Aber wegen der zerstörten Gasverbindung wird es nicht geöffnet.

Sind Sie zeitweilig weg gewesen?

Nein, keinen einzigen Tag. Ich gehe nirgendwo hin. Für mich wäre das schrecklich. Wir waren fünf Lehrer, die nicht weggegangen sind. Für die zurückgekehrten Kollegen war es noch schwerer. Sie haben mehr Angst und Panik, wenn geschossen wird.

Ist der Unterricht in der Schule sicher?

Wir haben jetzt ganz regulären Unterricht. Es gibt auch einen Schutzkeller. Natürlich erklären wir den Kindern immer wieder, wie man sich am besten vor Beschuss und Minen schützt. Als es losging, gab es keine Instruktionen. Es gab Tote, auch tote Kinder. Als der Beschuss nachließ, kamen Organisationen und erklärten, wie man sich richtig verhält. Nachdem wir das Schlimmste überlebt hatten. Wer konnte denn ahnen, dass so etwas je passieren würde.

Wie reagieren die Kinder auf den Krieg?

Es gab eine Zeit, da saßen unsere Kinder nur teilnahmslos und apathisch da. Wenn ein Kind schreit und hüpft, dann ist das schon positiv. Unsere Kinder können heute wieder lachen. Sie haben sich an die Situation gewöhnt.

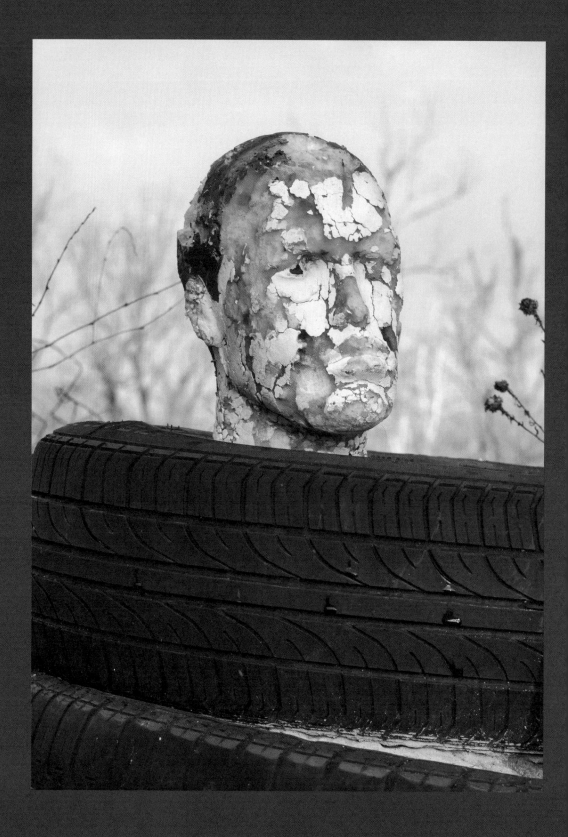

SCHASTIA

◆ Die Sonne verschwindet hinter dem Fluss und taucht das Schilf in Zartrosa. Die Birken strahlen weiß. Das Wasser macht keinen Mucks. Die Konturen der drei weiß-roten Schornsteine verschwimmen im Abendschein. Das Wärmekraftwerk steht ein paar Kilometer flussabwärts, so, als wäre es schon immer da gewesen. Am Rande der Brücke ein aufgelassener Posten der Verkehrspolizei von Schastja. Eine halbe Autostunde benötigte man früher nach Luhansk. Heute ist die Stadt unerreichbar weit entfernt. 150 Meter sind es noch bis zum letzten Außenposten auf der anderen Brückenseite. Entlang der Frontlinie des Siwerskij Donez ist das hier die einzige Stellung der Armee, die am Südufer liegt. Ein Brückenkopf im feindlichen Territorium, ein rundum verminter Außenposten. Früher einmal ein Paradies für Angler.

Hier wacht nun die 80. Brigade. Der Kompaniechef nennt sich Monach, Mönch. Er ist 23 Jahre alt, trägt sein braunes Haar kurz, lacht selten und strahlt eine überlegene Ruhe aus, wie sie hochgewachsenen Männern eigen ist. Er stammt aus Poltawa, aus einer Familie von Militärs. Der Mönch studiert die Kunst des Krieges seit zehn Jahren und wird es auch tun, wenn das hier zu Ende ist. Er kämpft nicht mit Leidenschaft, er gibt und erfüllt Befehle.

»Über die Brücke gehen wir allein oder höchstens zu zweit«, sagt er. »Dort drüben« – er zeigt auf die bewaldete Anhöhe hinter dem anderen Ufer – »siehst du das weiße Häuschen in den Hügeln?«
»Ja.«
»Da steht einer mit dem Fernglas und beobachtet uns.«
»Jetzt sehen sie uns?«
»Ja.«
»Warum schießen sie dann nicht?«
Der Monach lacht. »Wenn sie auf uns schießen, dann brennt ihr Berg. Sie beobachten uns, und wir beobachten sie.« Mit dem Finger zeigt er nach Westen auf eine andere Hügelkette. »Dort steht ihre Kompanie. Auch wir stehen nicht weit entfernt.«
Wir gehen schnellen Schrittes. Auf dem Asphalt verstreut liegen Glassplitter. Alle paar Meter sind überlebensgroße Betonbarrieren aufgestellt. Falls sie es sich anders überlegen und doch schießen sollten.
»Es gibt Absprachen. Das ist Kriegsethik. Solange sie nicht aufgekündigt werden, leben wir freundschaftlich.« Der Mönch schmunzelt. »Hin und wieder grüßen wir einander am Abend.« Damit sind Schussgeplänkel mit leichten Waffen gemeint.
»Es gibt also Vertrauen?«
»So ist es. Früher oder später müssen sie sich an uns wenden. Oder wir uns an sie.«

◆   Eine Stadt namens Glück, ausgerechnet hier, wie kann das sein? Noch dazu, wenn sie aus hingeworfenen Plattenbauten besteht, die von einer Umfahrungsstraße abgezirkelt sind. Dahinter liegen die Kühlteiche des Wärmekraftwerks mit den Datschensiedlungen der *energetiki*, der Energiearbeiter, und dann beginnt der Wald. Über das Glück von Schastia gibt es zwei Legenden. Die eine besagt, dass die russische Kaiserin Katharina die Große durch diesen Winkel ihres Herrschaftsgebiets fuhr und ob des Anblicks der natürlichen Reichtümer, der saftigen Wiesen und dichten Nadelwälder entzückt entschied, den Ort Schastia zu nennen. Die zweite lautet, dass die Stadt ihren Namen den Errungenschaften des Kommunismus verdankt. Das Wärmekraftwerk machte aus dem Dorf eine Stadt und sorgte für viele Arbeitsplätze. Das Glück war groß, weil die Wohnungen stets warm waren und das Wasser heiß.

◆   Die Energie des Wärmekraftwerks reicht bis in die Schützengräben des Soldatencamps. Am sandigen Flussufer haben sie ihr Armeestädtchen angelegt, das wie ein Abenteuerspielplatz mit verschiedenen Stationen wirkt. Auf schmalen Pfaden erreicht man die Banja, die Küche, wo auf einer Tabelle die Kalorien der Mahlzeiten verzeichnet sind, den Sportsaal und die Schlafräume. Sand schaufelt sich leicht, sagt der Mönch und lacht zur Abwechslung. Holzstufen führen unter die Erde. Als Wände dienen Sperrholzplatten mit getackerten Kinderzeichnungen und Heiligenbildern. Die Katzen und Hunde hier heißen *pulja, mina* und *bomba*, Kugel, Mine und Bombe. Die Katzen fangen Mäuse und Ratten, die sich in den unterirdischen Behausungen einrichten wollen. Die Hunde schlagen an, wenn sich jemand nähert. »Wir kommen als Gast, dann kommen andere«, sagt der Mönch. »Und die Tiere bleiben.« Abends schauen sie den Fernsehsender *Rossija24*, um die Gedanken des Feindes zu verstehen, tagsüber schaffen sie Ordnung im Camp: Holz hacken, die Sandkörner wegkehren, neue Gräben ausheben. Nur nicht zu viel entspannen, ist die Devise des Kommandanten. »Wir verteidigen nicht die Regierung, sondern die eigene Familie«, sagt er. Er hat zwei kleine Töchter. Vermisst er sie? »Ich glaube, sie vermissen mich.«

STANIZA LUHANSKA

•   Es ist kurz vor acht Uhr morgens, und die Schlange zieht sich quer über den Platz hinter dem Kontrollposten von Staniza Luhanska. Mindestens dreihundert Menschen müssen es sein, die aneinandergereiht stehen, in Steppmäntel und Lederjacken gehüllte ältere Menschen. Die Männer mit schwarzen Kappen auf dem Kopf, die Frauen mit bunten Wollmützen. In den Händen halten sie Textiltragetaschen, Sporttaschen, bis zum Rand gefüllte Plastiksäcke, Einkaufstrolleys mit festgezurrten Kartons. Busse fahren heran und spucken immer neue Passagiere aus, die an das Ende der Menschenreihe eilen. Ein paar Minuten später öffnet der Übergang. Ein Ruck geht durch die Schlange – alles drängt in Richtung Brücke, des Herzstücks der riskanten, ja lebensgefährlichen Passage zwischen Regierungsgebiet und Separatistenterritorium. Die ukrainischen Grenzer zählen an einem Tag im Durchschnitt 8.000 Personen. Manchmal sind es auch 12.000, die hier zu Fuß die Seiten wechseln. In der Luft liegen Hast und Angst, Willkür und undurchsichtige Deals, Geschäftssinn und kriminelle Energie.

     Staniza Luhanska taucht regelmäßig in den trockenen Berichten der OSZE auf, deren Beobachter die Verstöße gegen die Waffenruhe aufzeichnen. Denn die Siedlung liegt abermals an einer Grenze. Das Dorf mit seinen 10.000 Einwohnern und niedrigen Häuschen hält die Regierungskräfte. Doch die halb zerstörte Brücke sowie das Südufer des Flusses Siwerskij Donez kontrollieren die Separatisten der selbst ernannten Luhansker Volksrepublik. Autos kommen am Übergang keine mehr durch, seit das Bauwerk im März 2015 während der Kriegshandlungen gesprengt wurde. Fußgänger müssen über geborstene Brückenteile steigen, die über wacklige Holzstege miteinander verbunden sind. In der Umgebung wird geschossen. Am Straßenrand beginnen die Minenfelder. Der Kontrollposten ist der einzige Übergang im Luhansker Gebiet. Zum nächsten in Betrieb befindlichen Korridor sind es mehr als 200 Kilometer. Das bedeutet mehr als vier Stunden Autofahrt auf löchrigen Straßen.

•   Die Kleinstadt Staniza Luhanska liegt im äußersten Osten der Ukraine an der Grenze zu Russland. Sie ist eine jener Gemeinden, die erst durch den Krieg im Donbass international bekannt geworden sind. Dass der Ort im späten 17. Jahrhundert als Siedlung von Don-Kosaken – als *staniza* eben – gegründet wurde, wissen nur Geschichtsinteressierte. Die Kosaken sicherten als Wehrbauern die Westgrenzen des Zarenreichs gegen Eindringlinge. Dass Staniza Luhanska vor gar nicht langer Zeit ein beliebtes Erholungsgebiet für die Bewohner der nahen Großstadt Luhansk war, ist heute ebenso vergessen. Das Nordufer des Siwerskij Donez ist grün und fruchtbar, Kiefern, Eichen und Birken wachsen hier neben Gemüsegärten und Feldern. Aus Luhansk kamen an den Wochenenden die Städter zum Fischen und Pilzesuchen, sie kauften Erdbeeren und Tomaten bei den Bauern ein.

Nikolaj Karpenko, Mitarbeiter des Heimatkundemuseums im Ort, beschäftigt sich von Berufs wegen mit der Vergangenheit. Auf die Tradition der Kosakensiedlung ist er stolz, auch wenn die Don-Kosaken wegen ihrer Treue zur russischen Zarenfamilie in der heutigen Ukraine nicht gerade zu den beliebtesten Gestalten der Lokalgeschichte gehören. Die jüngste Vergangenheit ist es, die ihn bitter stimmt. »Unsere Kinder können nicht mehr in der Natur spielen gehen«, sagt der schmächtige Mann mit dem schwarzen Schnurrbart. »Alles ist vermint. Diese Freiheiten gibt es nicht mehr.« Im Gästebuch des Museums finden sich zwischen April 2014 und März 2016 keine Einträge. In den Ausstellungsräumen stehen Kosakenuniformen neben Porzellanservicen aus der Zarenzeit. Doch die meisten Exponate lagern im Depot und warten auf eine Reparatur des Gebäudes. Ein Geschosstreffer und Geldmangel sind schuld daran, dass Karpenkos Museum heute selbst wirkt, als wäre es Teil einer für immer verlorenen Epoche.

◆   Ein Greis mit schwarzer Kappe schiebt sich gestützt auf zwei Krücken vorwärts, vom letzten Checkpoint der Separatisten kommend in Richtung der ersten ukrainischen Bewaffneten hinter dicken Betonwänden. 300 Meter liegen zwischen den Posten. Ein schmales Niemandsland. »Wir starren einander den ganzen Tag lang an«, sagt ein ukrainischer Soldat. Wie aber hat der alte Mann, Nikolaj Kirillowitsch, 82, wohnhaft in Luhansk, die Brückenpassage geschafft? »Langsam, langsam«, sagt der Mann krächzend. »Ein Bein nach dem anderen.« Er nimmt den beschwerlichen Weg auf sich, weil er seine Pension abholen will. Zeitlebens hat er als Ingenieur gearbeitet, es geht um umgerechnet 80 Euro im Monat. Eine gute Pension. Doch seine Hände und die Füße zittern, gehen kann er nicht mehr lang und liegen auch nicht. Er würde gern sterben, sagt der Mann, er habe sein Leben wirklich genossen. Aber das hier? Dann geht er weiter in Richtung der weißen Container, in denen die Beamten vom Zoll und der Passkontrolle sitzen. Nikolaj Kirillowitsch wird nach Staniza fahren, seine Pension abheben und zurückkehren. Bis 16.30 Uhr hat der Posten geöffnet. Er wird sich wieder in die Schlange einreihen. Nur Särge kommen in Staniza Luhanska ohne Warten durch.

◆   Der Korridor ist ein Ort, der die Gewinner und die Verlierer des Krieges zusammenbringt. Da sind die Händler, die auf dem Markt vor dem Eingang ihre Waren ausgelegt haben. Sie verkaufen Salo, ukrainischen Schweinespeck, obwohl dessen Einfuhr in den Separatistengebieten für illegal erklärt wurde. Also wird bestochen oder in kleinen Mengen geschmuggelt. Dann sind da noch: Imbissbudenbesitzer, denen die Winterkälte stetig Kundschaft für heißen Tee herantreibt und die Sommerhitze durstige Münder. Taxi- und Kleinbusfahrer, die die Ankommenden zu den Bankautomaten und der Stelle für Pensionsauszahlungen fahren. Zimmervermieter, die für 100 Hrywnja, drei Euro, pro Kopf und Nacht die Alten bei sich aufnehmen. Und schließlich sind da die Lastenträger, die Waren für Auftraggeber von der anderen Seite einkaufen und nicht gern mit Fremden sprechen. Und dann sind da noch Mischa und Schenja.

Die beiden Burschen findet man hinter dem ersten Posten, nicht weit von den Plumpsklos entfernt, neben den auf eine weiße Tafel gepinnten Gesetzesänderungen der Ukraine. Aus einem Lautsprecher plärrt Popmusik. Mischa fläzt lässig rauchend auf seinem Gefährt und wartet auf Kundschaft. Seine Stiefel starren vor Dreck, die Jogginghose ist abgetragen, doch die Daunenjacke wärmt ihn in der Morgenkälte. Vorbei gehen, schleichen, schleppen sich die Alten. Jemand wird seine Hilfe brauchen, so viel ist gewiss. Mischas Gefährt ist aus einem Rollgestell und einem Autositz zusammengeschraubt. Schenja hat einen Polsterfauteuil an ein Blechgestell befestigt, sein Rollfahrzeug wirkt wie ein tiefergelegter Bolide. Sie sind Anfang 20 und die Jungunternehmer des Kontrollpunkts von Staniza Luhanska, ihre Kundschaft sind die Gehbinderten, Alten, Schwangeren, Vielbepackten. Im Jahr 2015 haben sie die Initiative ergriffen, denn sie wollten nicht mehr nur zu Hause herumsitzen, Mischa in Luhansk und Schenja in Staniza Luhanska. Ihre Kunden drücken ihnen 50, manchmal 100 Hrywnja in die Hand. Wenn es sein muss, dann tragen sie die Leute auch über die Brücke. »Wir helfen«, sagen die Burschen. Und: »Von dieser Arbeit bekommt man Muskeln.« Dann taucht eine Kundin für Mischa auf: Eine alte Dame im weinroten Mantel müht sich auf seinen Autostuhl. Haut und Knochen, eine leichte Fuhre. »Ich habe schon eine mehr als 100 Kilo schwere Matrone gezogen, komplett mit Gepäck«, sagt er. »Das war vielleicht eine Plackerei.« Zum Abschied nickt er und schiebt sie in Richtung Brücke.

Auf dem Großmarkt habe ich drei Steigen Äpfel gekauft. Das Kilo kostet 15 Hrywnja, das ist viel billiger als auf der anderen Seite. Das Obst verteile ich in meiner Familie und unter Freunden. Einmal im Monat komme ich auf die ukrainisch kontrollierte Seite herüber, doch zu Hause bin ich in Luhansk. Über Politik will ich nicht sprechen, mein Kopf soll schließlich dranbleiben.

Anonymer Einkäufer aus Luhansk

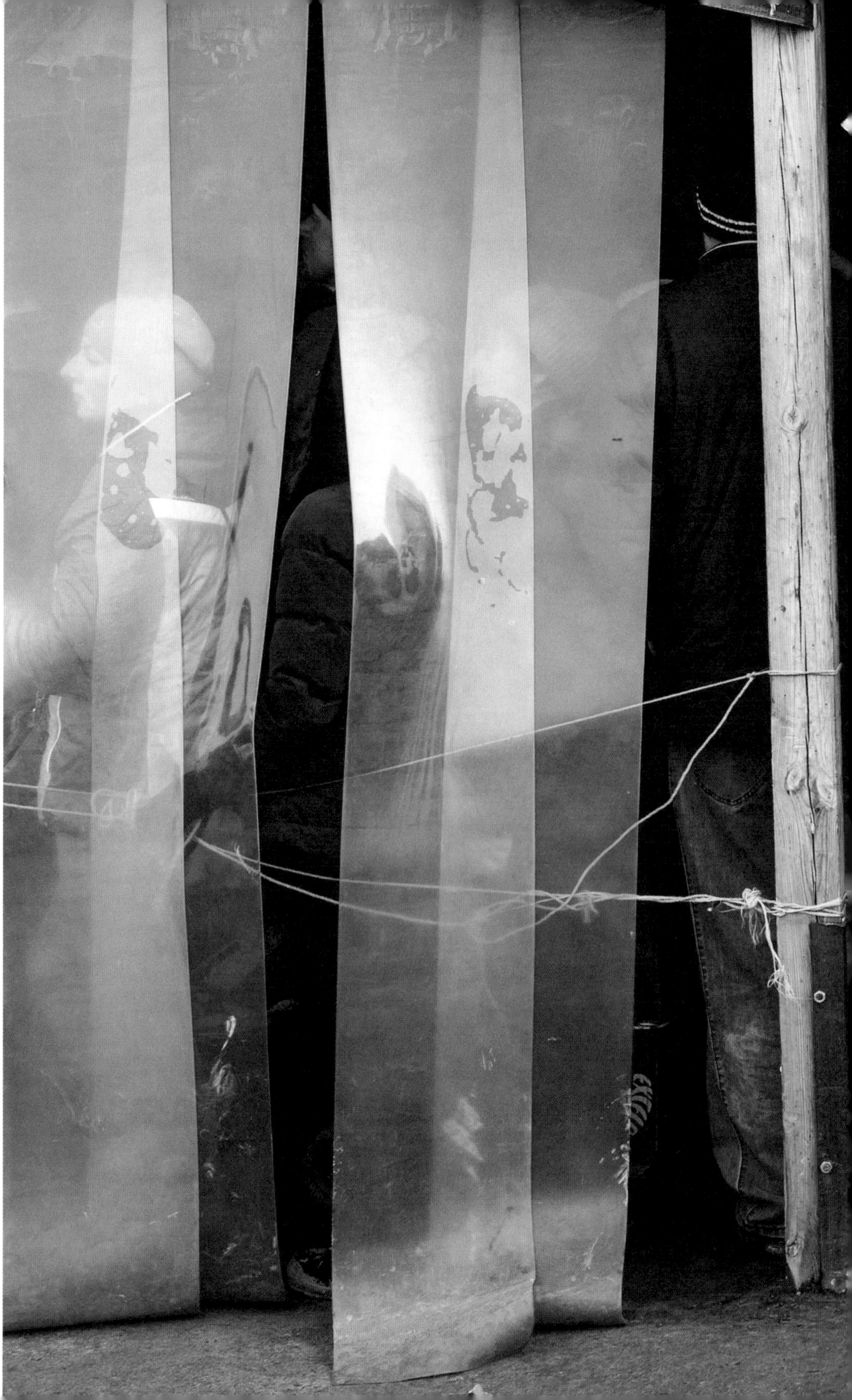

Staniza Luhanska, 06.12.2017

ÜBER DIE AUTOREN

Florian Rainer

Florian Rainer, geboren 1982 in Leoben, hat in Wien Soziologie und Sozio-ökonomie studiert. Er arbeitet als Porträt- und Reportagefotograf für nationale und internationale Magazine. Zudem konzentriert er sich auf freie künstlerische Projekte. Seine freie Arbeit zeichnet sich durch einen reflektierten Umgang mit Fotografie und einen oft soziologischen Blick auf Menschen aus. Zuletzt (2015) veröffentlichte er den Band »Fluchtwege«, in dem die Migrationsbewegung im Herbst 2015 in Österreich auf konzeptuelle Weise beschrieben wird.

Jutta Sommerbauer

Jutta Sommerbauer, geboren 1977 in Wien, hat in Wien, Frankfurt/Oder und Sofia Politikwissenschaft, Medien und Interkulturelle Kommunikation studiert. Sie ist Außenpolitik-Redakteurin der österreichischen Tageszeitung »Die Presse« und verfolgt seit zehn Jahren politische und gesellschaftliche Entwicklungen in den Staaten der früheren Sowjetunion. Im Jahr 2016 veröffentlichte sie den Reportage-band »Die Ukraine im Krieg. Hinter den Frontlinien eines europäischen Konflikts«. Seit November 2017 ist sie Korrespondentin der »Presse« in Moskau.

IMPRESSUM

Erstausgabe, April 2018

© Bahoe Books, Fischerstiege 4 – 8 / 2 / 3, 1010 Wien

Fotografien: © Florian Rainer
Texte: © Jutta Sommerbauer
Gestaltung: Michael Fetz / Agentur Lisa + Giorgio
Lektorat: Clementine Skorpil
Papier: Munken Lynx 120 g / m² und 300 g / m²

ISBN: 978-3-903022-83-6

Die Recherchereisen für diesen Band wurden durch das
Grenzgänger Programm der Robert Bosch Stiftung ermöglicht.

Die Drucklegung dieses Bandes wurde vom österreichischen
Bundeskanzleramt unterstützt.

BUNDESKANZLERAMT ▪ ÖSTERREICH